把信送给加西亚

[美] 阿尔伯特 · 哈伯德　著　　董华瑞　译

北方文艺出版社

图书在版编目（CIP）数据

把信送给加西亚 / (美) 阿尔伯特・哈伯德
(Elbert Hubbard) 著 ; 董华瑞译 . -- 哈尔滨 : 北方文
艺出版社 , 2019.10
ISBN 978-7-5317-4533-4

Ⅰ . ①把… Ⅱ . ①阿… ②董… Ⅲ . ①中篇小说 – 美
国 – 现代 Ⅳ . ① I712.45

中国版本图书馆 CIP 数据核字 (2019) 第 094864 号

把 信 送 给 加 西 亚
BA XIN SONGGEI JIAXIYA

作　者 / [美] 阿尔伯特・哈伯德　　译　者 / 董华瑞
责任编辑 / 路　嵩　张贺然　　封面设计 / 琥珀视觉

出版发行 / 北方文艺出版社　　邮　编 / 150080
发行电话 / (0451) 85951921 85951915　　经　销 / 新华书店
地　址 / 哈尔滨市南岗区林兴街 3 号　　网　址 / www.bfwy.com

印　刷 / 北京玺诚印务有限公司　　开　本 / 880mm × 1230mm　1/32
字　数 / 80 千　　印　张 / 5
版　次 / 2019 年 10 月第 1 版　　印　次 / 2019 年 10 月第 1 次印刷

书　号 / ISBN 978-7-5317-4533-4　　定　价 / 25.00 元

目 录

Contents

C o n t e n t s

原出版者手记

阿尔伯特·哈伯德，纽约东奥罗拉的罗依科罗斯特出版社的创始人。他是一位坚强的人，一生都在不懈地努力工作。不幸的是，这一切于 1915 年过早地结束了，他乘坐的“路西塔尼亚”号被德国水雷击沉，沉入海底。

哈伯德于 1859 年出生在伊利诺伊州的布鲁明顿——后来因罗依科罗斯特出版社出版发行的优秀出版物而闻名于世。在罗依科罗斯特出版社工作时，哈伯德还出版了两本杂志：《菲士利人》和《兄弟》。实际上，这两本杂志中的许多文章都出自他的手。在写作、出版的同时，他还从事公众演讲，他在演讲台上所取得的成就不亚于他在写作、出版上所取得的成就。

《把信送给加西亚》从出版那一刻起，就赢得了极高的赞誉，这是作者始料不及的。在《作者序言》中哈伯德讲述了这种成功。

故事中的英雄，那个送信的人，叫安德鲁·罗文，是美国陆军的一位年轻中尉。当时正值美西战争爆发，美国总统麦金莱需要一个适合的信使去完成一项重要的任务，军事情报局就向总统推荐了中尉安德鲁·罗文。

在没有任何护卫的情况下，孤身一人的罗文中尉立刻出发了，一直到他秘密登上古巴岛，古巴的爱国者才给了他几名当地的向导。那次冒险的经历，用他自己谦虚的话来说，仅仅被几个敌人包围，然后想方设法逃了出来，并把信送给了加西亚将军——一个掌握决定性力量的人。

整个过程中有许多出人意料的使事情成功的偶然因素，但个人的努力，以及这位年轻中尉迫切希望完成任务的勇气和不屈不挠的精神，才是成功的必然因素。为了表彰他所做的贡献，美国陆军司令为他颁发了奖章，并给予高度评价：“我要把这个成绩看作是军事战争史上最具冒险性和最勇敢的事迹。”

当然，这一点毫无疑问，但人们更应该认识到，成功最重要的因素并不是因为他出色的军事才能，而是他优秀的道德品质。因此，罗文中尉将永远被历史、被人们所铭记。

1913年版作者序言

《把信送给加西亚》这本小册子是在一天晚饭后写成的，只用了一小时。时间是1899年2月22日，华盛顿的诞辰日，也是我们准备出版三月份的《菲士利人》的时候。

我突然心情激动，在疲惫的一天结束后写下了这本小册子。当时我正努力地教育那些品行不端的市民重新振作起来，不再无所事事。

尽管来自于一个喝茶时的小小辩论，但却给了我一个直接的启示。当时我的儿子彼德认为罗文是古巴战争中真正的英雄，他孤身一人，却完成了非常了不起的事情——把信送给了加西亚。

这个想法就像火花一样在我脑中闪过！是的，我的孩子是对的，英雄就是做了自己应该做的事的人——把信送给加西亚的人。我从桌旁跳了起来，写下了这本《把信送给加西亚》。之后我毫不犹豫地把文章登在了当月的杂志上，当时这篇文章连标题都没有。

第一版很快告罄。不久，请求加印三月份《菲士利人》的订单雪片般飞来。要12份、50份、100份……当美国新闻公司要求订购1000份时，我问一个助手是哪篇文章引起了如此大的轰动，他说："就是有关加西亚的那篇。"

第二天，纽约中心铁路局的乔治·丹尼尔竟然也发来了电报："以小册子形式印刷的关于罗文的文章订购10万份……请报价……封底要有帝国快递的广告……

用船装运……大概需要多长时间？”

我给了他报价，并且确定我们能够在两年时间内完成订单——当时的印刷设备非常简陋，印10万本小册子听起来是一项十分可怕的任务。

我答应丹尼尔先生按照他的方式进行重印，最终他竟然销售和发送了近50万本小册子，其中两三成都是由丹尼尔先生直接派送的。除此之外，有二百多家杂志和报纸转载刊登了这篇文章，现在这篇文章已被翻译成了各种文字在全世界流传。

丹尼尔先生派送《把信送给加西亚》时，俄罗斯铁道大臣西拉克夫亲王恰巧也在纽约。他受纽约政府之邀来访，丹尼尔先生亲自陪他参观纽约。于是，亲王看到了这本小册子，并对它产生了浓厚的兴趣，其中最重要的原因也许是丹尼尔先生是以大写字母的形式出版的。亲王回国后，命人把小册子译成了俄文，发给俄罗斯铁路工人，人手一册。

之后其他国家也开始翻译引进，从俄罗斯流向德国、法国、西班牙、土耳其、印度和中国。日俄战争期间，每一名上前线的俄罗斯士兵手里都有一本《把信送给加西亚》。日本人在俄罗斯战俘身上发现了这种小册子，他们断定这是很有价值的物品。于是，这篇文章有了日文版。

日本天皇下了一道命令：每一名日本政府官员、士兵还有平民都要人手一本《把信送给加西亚》。

迄今为止，《把信送给加西亚》的印数高达4千万。可以说，在从事写作的人中、在他的有生之年，还从没有人能获得如此成就，也没有一本书的销量可以达到这个数字。感谢我傍到的一系列好运。

阿尔伯特·哈伯德

1913年12月1日

把信送给加西亚

How do I send the letter to Garcia?

How

do

I

send

the

letter

to

Garcia

把信送给加西亚

在所有关于古巴的事情中，有一个人像近日点的火星一样，令我无法忘怀。美西战争爆发以后，美国必须马上和西班牙反抗军的领导者加西亚取得联系。当时，加西亚隐藏在古巴广阔的山岭之中——没有人知道他藏身的确切位置，信件几乎不可能送到他手里。但是，美国总统必须尽快地取得和他的合作。

怎么办？

有人对麦金莱总统推荐说："有一个叫罗文的人，如果有人能够找到加西亚，那个人一定是他，只有他才能找得到。"

于是，他们找来了罗文，交给他一

封信——写给加西亚的信。关于那个名叫罗文的人是如何拿了这封信；如何将信装进一个油纸袋里；如何将纸袋封好；如何吊在胸口藏好；如何在3个星期之后，徒步穿过一个危机四伏的国家，最终将信交给加西亚——这些细节都不是我想要说明的。我要强调的重点是：

麦金莱总统将那封写给加西亚的信交给罗文，而罗文接过信之后，并没有问："他在哪里？"

像罗文这样的人，我们应该为他塑造一座不朽的雕像，安置在每一所大学里。年轻人所需要的不只是学习书本上的知识，也不只是聆听他人这样那样的教导，而是更需要一种敬业精神：对上级的托付，能够立即采取行动，全心全意地去完成任务——"把信送给加西亚"。

现在加西亚将军已离开人世，但现

在还有其他的“加西亚”。曾经有一件事让我震惊：一个企业有众多员工，规模庞大，但是其中大部分人碌碌无为，他们要么是没有能力，要么就是对工作根本不用心。

懒懒散散、漠不关心、马马虎虎的工作态度，对于很多人来说似乎已经成为常态。除非苦口婆心、威逼利诱，强迫他们做事，或者请上帝示现奇迹，派一名天使来当助手，否则没有人能把事情做好。

假如你不相信的话，我们来做个试验。

此时此刻你坐在办公室里——有 6 名职员在等待你给他们安排任务。你将其中一名叫过来，吩咐他说：“请帮我查一下百科全书，把克里吉奥的生平做成一份摘要。”

这个职员会静静地答道：“好的，

先生。”然后立即去执行吗？

我敢说他绝对不会，他一脸疑惑地盯着你，提出一个或一连串问题：

他是谁？

查哪套百科全书？

百科全书放在哪里？

这是我的工作吗？

为什么不叫查理去做这件事呢？

他去世了吗？

这件事很急吗？

我可以把书拿来你自己查吗？

你查他是想知道什么呢？

我敢以十比一的赌注和你打个赌，在你耐心地回答了他提出的问题，解释了如何去查资料，以及你为什么要查的原因之后，那个职员便会离开，找另外一个职员帮助他查某某的资料，然后他会回来告诉你，根本没有这个人。当然，打这个赌我也许会输，但是如果根据平均率法则，我相信自己不会输。

真的，如果你很聪明，就不应该对你的“助理”解释克里吉奥编在什么类，而不是什么类，也不必发脾气。你会面带笑容地说“算啦”，然后自己去查。

这种被动的工作作风，这种败坏的道德，这种脆弱的意志力，这种姑息的作风，有可能将这个社会带到互相推诿的危险境地。

如果人都不能为了自己而自发地去工作，你又怎么能期待他们为别人自发地去工作呢？

乍一看，好像任何一家企业都有可以为你分担工作的人选，但是事实果真如此吗？你登广告征求一名速记员，应征者中，十有八九的人不会拼也不会写，他们甚至认为这些都不是必要条件，不会也无所谓。

这种人能把信带给加西亚吗？

“你看那个职员。”一家大公司的总经理对我说。

“看到了，怎么了？”

“他是个不错的会计，但是如果我派他到城里去办件小事，他也许能完成任务，但也可能半路上走进一家酒吧。当他到了闹市区，可能会完全忘记自己要来干什么。”

像这种人你能派他去送信给加西亚吗？

最近，我们经常听到许多人对那些“收入微薄而毫无出头之日”以及“无家可归并正在寻找雇佣机会”的人表示同情，同时严厉指责那些雇主。

但是，没有人提到，一些雇主如何

一直工作到满头白发，试图让那些不求上进的懒虫勤奋起来，却都是做无用功；也没有人提起，一些雇主如何长久地、耐心地希望感动那些员工，让他们振作，但是当他一转身，那些员工依旧敷衍了事。

在每家商店和工厂，都有一些常规性地调整。公司负责人经常将那些无法对公司有所贡献的员工送走，同时吸纳新的成员加入。无论业务多繁忙，整顿一直在进行。只有当经济不景气，缺乏就业机会的时候，这种整顿才有明显的效果——那些无法胜任工作、缺乏才干的人，都被拒之于工厂大门之外，只有那些最能干的人，才会被留下来。为了自己的利益，老板只会留下那些最优秀的职员——那些能“把信送给加西亚”的人。

我认识一个很精明的人，但是他缺

少独立创业的能力，对他人来说，此人也没有什么价值，因为他总是偏执地怀疑自己的老板在压榨他，或者意图压榨他。他既没有能力指挥他人，也不能接受他人的指挥。如果你让他“给加西亚送信”，他的回答极有可能是：“你自己去吧。”

今晚，这个人还会顶着寒风，行走在大街上寻找工作，即便寒风吹透他破旧的衣衫。没有哪个了解他的人敢雇用他，因为他总是心怀不满。对于他来说，任何劝说都是没有用的。唯一能影响他的是他那双厚底的9号鞋。

我知道，与那些身体有残疾的人相比，这种思想扭曲的人是不值得同情的。相反，我们应该对那些用毕生精力去经营一家企业的人表示同情和敬意：他们不会和员工一样，因为下班的铃声而放下手中的工作。他们的头发过早变白，因为他们努力想使那些工作散漫、拖拉偷懒、不知感恩的员工有一份工作。员工却不愿意想一想，如果没有老板付出的努力，那么他们将忍饥挨饿，甚至无家可归。

我是不是说得太严重了？不过，即使整个世界变成一座贫民窟，我也要为成功者说几句公道话——他们承受着巨大的压力，为他人指引前进的方向，并最终取得了成功。但是他们从成功中得到了什么呢？一片空虚，除了食物和衣服，一无所有。

我曾为了温饱为他人工作，也曾当过老板，我深知两种情况的酸甜苦辣。贫穷让人不好受，贫苦是不值得赞美的，衣衫褴褛更不是潇洒。但并非所有的老板都是贪婪的、专横无理的，就像并非所有的人都是善良的一样。

我钦佩那些无论老板在或者不在都会努力工作的人，我敬佩那些能够把信交给加西亚的人。他们静静地把信拿去，不会问任何愚蠢的问题，更不会随手把信丢进水沟里，而是尽全力把信送到。这样的人永远不会被解雇，也永远不必为了要求加薪而罢工。

文明，就是孜孜不倦地寻找这种人才的探索过程。

这样的人，无论有什么样的愿望都能够实现。在任何城市、村庄、乡镇，以及办公室、商店、工厂，这样的人都会受到欢迎。全世界都在呼唤：我们需要这种人才——这种能够把信送给加西亚的人。

谁将把信送给加西亚？

阿尔伯特·哈伯德

1899 年

如何把信送给加西亚

How do I send the letter to Garcia ?

How
do
I
send
the
letter
to
Garcia

如何把信送给加西亚
——安德鲁·罗文自述

接受送信的任务

（罗文，阿尔伯特·哈伯德的《把信送给加西亚》中的不朽人物）

让我们这些人，无论是小人物还是大人物，都能从这本著作中、从这种追求中或多或少获得一些进取心吧。无论是对国家还是对我们自己，它都会让我们活得更加高贵。”

——贺拉斯

“在哪儿？”美国总统麦金莱问情报局局长亚瑟·瓦格纳上校，“到哪儿能找到给加西亚送信的人？”

上校迅速地回答道：“就在华盛顿，有一个年轻的军官——陆军中尉，叫安德鲁·罗文。如果有人能把信送给加西亚，那么他就是罗文。”

“派他去！”总统命令道。

当时美国与西班牙的战争一触即发。美国总统急切地希望得到相关的情报。他认识到，美国军队必须和古巴的起义军密切配合才能取得胜利。他知道，他需要了解和掌握西班牙军队在古巴岛上的军事部署情况、军队的战斗力、士气，军官尤其是高级军官的性格特征。他需要了解古巴的地形，一年四季的道路状况，以及西班牙军队和起义军，还有整个国家的医疗状况。他还需要了解西班牙和起义军双方的装备情况。除此之外，还希望了解美国集结部队时，古巴起义军需要哪些帮助才能困住敌人。同时还要了解古巴的地形以及其他许多重要的情报。

总统的命令就三个字，“派他去！”干脆利落，如同上校的回答一样。当务之急就是谁能把信送给加西亚。下面是送信人罗文的自述：

一小时以后，正午时分，瓦格纳上校通知我，下午一点钟到军部去。到了军部，我见到了瓦格纳上校，上校没有说什么事情，只是带我上了马车，车棚遮挡得很严实。车里光线昏暗，空气十分沉闷。上校打破了沉闷的气氛，问道：“下一班去牙买加的船什么时候出发啊？”

我想了大概一分钟，然后回答他：“阿特拉斯海运公司的一艘名为‘安迪洛达克’的英国轮船明天中午从纽约起航。”

“你能乘上这艘船吗？”上校急切地打断我的话。

上校一向很幽默，我想他是在开玩笑，想调节一下气氛，于是我半开玩笑地回答："是的！"

"那么，"上校严肃地说，"你就准备好出发吧！"我才知道这不是一个玩笑，这是一个任务。

马车停在一栋房子前，我和上校一起走进大厅。上校走进里面的一间屋子，过了一会儿，他走到门口，向我招手，示意我进去。在一张宽大的桌子背后，美国总统正在等我。

"年轻人，"总统说，"我选派你去完成一项特别重要的任务，也可以说是神圣的使命——把这封信送给加西亚将军。他可能在古巴东部的某个地方等你，具体在哪里，我也不清楚。你必须如期将情报安全地送达，这件事事关美利坚合众国的利益。"

这时，我才意识到瓦格纳上校并非在开玩笑。任务就摆在我面前，我的人生正面临着一次严峻的考验。但是，一种军人的崇高的荣誉感充满了我的胸膛，我的胸中已经无法容纳任何犹豫和疑问。我静静地站在那里，从总统手中接过那封信——给加西亚将军的信。

总统说完后，瓦格纳上校补充道："这封信里有我们想了解的诸多问题。除此之外，你要避免携带任何可能暴露你身份的东西。历史上有太多这样的悲剧，我们没有理由让悲剧再次上演。大陆军的内森·黑尔、美墨战争中的里奇中尉，他们都是因为身上带的情报而被捕的，不仅自己性命不保，机密的情报又被敌人得到了。我们绝对不能失败，一定要确保万无一失。再次告诉你，没有人知道加西亚将军到底在哪里，你得自己想办法，之后所有的事就靠你自己了。”

“下午就去做准备，”瓦格纳上校接着说，“军需官哈姆菲里斯会把你送到金斯敦。之后，如果美国对西班牙宣战，许多战略计划都要根据你发来的情报来拟订，否则我们做什么都是徒劳无功的。这项任务交给你一个人去完成，你必须把信交给加西亚。火车午夜离开，祝你好运！”

我和麦金莱总统握手道别。

瓦格纳上校送我出门时，叮嘱我道：“一定要把信送给加西亚！”

我一边做准备，一边考虑这项任务的艰巨性。这项任务责任重大而且非常困难。现在战争还没有爆发，我出发时战争也不会爆发，到了牙买加之后，战争应该也不会开始，但是稍有闪失，后果将无法挽回。如果美国向西班牙宣战，我的任务反倒减轻了，尽管危险并不会减少。

在这种情况下，当一个人的荣誉甚至生命都处于极度危险之中时，服从命令便是军人的天职。军人的命运掌握在国家手中，但他的名誉却属于自己。一个人可以失去性命，却不能丧失荣誉，更不能受到蔑视。我一直以来都是按命令行事的，没有丝毫差错。但这一次，我无法得到任何人的具体指令，我只有一个命令，那就是想尽办法，一个人把信送给加西亚，并从他那里获得我们需要的情报。

不知道我和总统还有瓦格纳上校的谈话秘书是否记录了下来，但任务当前，我已经顾不上其他，我要马上行动起来。我的脑海里一直思考的是：如何才能将信送到加西亚手中。

我乘坐的火车中午十二点零一分开动。我想起一个古老的说法：星期五不宜出行。火车开车的这天是星期六，但我出发时却是星期五。我不知道这是不是命运的安排。但一想到自己肩负的重任，我就忘记了这些事。于是，我开始了一个人的旅程。

前往古巴的最佳路途是通过牙买加，而且我听说在牙买加有一个古巴的军事联络点，或许我可以从那儿打探到一些有关加西亚将军的消息。于是，我乘上了阿迪洛达克号轮船。轮船准时起航，一路上风平浪静。我尽量不和其他的乘客聊天，一路上只认识了一位同伴，那是一位电器工程师。他给我讲了许多有趣的东西。因为我很少和其他乘客交谈，乘客们给我起了一个绰号——“冷漠的人”。

轮船进入了古巴海域，我意识到了

迎面而来的危险。我身上带着危险的文件，那是美国政府写给牙买加官方证明我身份的信件。如果轮船进入古巴海域前战争便开始了，根据国际法，西班牙人肯定会上船搜查。我是非法入境，而且身上带着情报，我肯定会被逮捕，被当作战犯处理。而我乘坐的这艘英国轮船也会被扣押，尽管在战前它挂着中立国的国旗，从一个平静的港口驶向一个中立国的港口。

意识到问题的严重性后，我便将文件藏到了头等舱的救生衣里，一直到船尾绕过海角，我才如释重负。

第二天早上九点，我在牙买加上了岸，开始四处寻找古巴军事联络处。牙买加是中立国，古巴军人的行动是公开的，所以我没过多长时间就和他们的指挥官拉伊先生取得了联系。在那里，我和拉伊先生还有他的助手一起，讨论如何能尽快把信送给加西亚。

4月8日，我离开华盛顿。4月20日，我用密码发出了我已到达的消息。4月23日，我收到密电："尽快找到加西亚将军。"

接到密电之后，我来到军事联络处的指挥部。有几位流亡的古巴人也在这里，我以前没有见过这些人。当我们正讨论具体问题的时候，一辆马车驶了过来。

"时候到了！"一些人用西班牙语喊道。

紧接着，我什么都没来得及说，便被带到了马车上。于是，一个军人服役以来最为惊险的一段经历便开始了。

送信的第一段路程

马车夫沉默寡言，完全不理睬我，

我问他什么他都不回答。马车在迷宫般的金斯敦大街上狂奔，速度非常快。长时间的沉默使我心里憋得难受。没多久，马车穿过了郊区，离城市越来越远，我实在忍不住了，我拍了拍马车夫，想和他说几句话，但是他充耳不闻，继续赶车。

我想他知道我要给加西亚送信，而他的任务就是尽快把我送到目的地。我三番五次想让他能听我说几句话，但他完全不理会。我只好这样坐着，任凭马车驶向远方。

大约又走了 4 公里，我们进入了一片茂密的热带森林，又穿过一片沼泽地，到了平坦的西班牙城镇的公路上，最后停在一片丛林中。这时，外面有人打开了马车门，我看到一张陌生的脸，他让我换乘在此等候的另一辆马车。

这一切都太奇怪了。似乎早已安排好，

一句多余的话也不用说，一秒钟都没耽误。

一分钟后，我又踏上了旅途。

第二个车夫和第一个一样，一言不发，只是坐在那里专心驾车。我想，就算我和他说话，也是白费力气。我们经过一个西班牙城镇，来到了克伯利河谷，然后进入了岛的中央，那里有条路直通圣安斯加勒比海，那是一片碧蓝的水域。

车夫一直沉默着。一路上我试着和他搭话，但他好像听不懂我说的话，甚至连我做的手势，他也看不懂的样子。马车在飞奔。随着地势升高，我的呼吸也加快了。太阳落山时，我们到了一个车站。

山坡上有一些黑乎乎的东西向我滚落下来，那是什么？难道西班牙当局预料到我会来，安排牙买加军官审讯我？一看到些这幽灵般的东西，我就开始警觉。如果被抓起来审讯，我该怎么办？结果是虚惊一场。一位年长的黑人一瘸一拐地走到马车前，推开车门，给我送来了美味的炸鸡和两瓶巴斯啤酒。他讲的是当地的方言，我只能大概听懂几个单词，但我懂得他是在向我表示敬意，因为我在帮助古巴人民赢得自由。他给我送炸鸡和啤酒，是想表示自己的一份心意。

但是车夫却像个局外人一样对炸鸡、啤酒，包括我们的谈话都没有兴趣。

换了两匹新马，车夫用力地抽打着马匹准备启程。我赶紧向老人告别："再见了，老人家！"接着，我们便以飞快的速度消失在夜幕中。

虽然我充分认识到自己送信任务的重要性，我也同意我要马不停蹄地赶路，但我依然被眼前的热带雨林所吸引。这里的夜晚和白天一样美，不同的是，阳光下的热带植物花朵飘香，而夜晚则是昆虫的世界，此种美景令人赞叹。最壮丽的景观当数夜幕降临时，刹那间，萤火虫的磷光代替了落日的余晖，这些萤火虫以自己独特的美装点着森林。我觉得自己仿佛进入了仙境。

一想到自己肩上的重任，我便无暇顾及眼前这些美丽的景色。马车继续向前飞奔，但马有些体力不支了。突然间，丛林里响起了刺耳的哨声。

一伙人从天而降，马车被迫停了下来，我被一帮武装到牙齿的人包围了。在英国管辖的地方，被西班牙士兵拦截，我并不害怕，只是突然停车让我感到紧张。牙买加当局的行动，可能会导致这次任务失败。如果牙买加当局知道我违反了该岛的中立原则，就会阻止我前行。

要是这些人是英国军人就好了！

不久，我的这种担心就消失了。经过一番小声地交谈，我们又上路了。

大约一个小时以后，我们的马车在一栋房屋前停了下来。房间里闪烁着昏暗的灯光，一顿丰盛的晚餐在等着我们享用。这是联络处特意为我们准备的。

首先端上来的是牙买加朗姆酒。我已经忘记疲倦，忘记自己坐了9小时的马车、行程70公里，人马换了两班，当时的我只闻到朗姆酒的芳香。

接着又有指令传来。从隔壁走出一个人，此人又高又壮，看上去十分果敢，留着长须，一个手指显然短了一截。从他那可靠、忠诚的眼神中显示出其高贵的身份。他从墨西哥来到古巴，由于质疑了西班牙的旧制度，被砍掉一个指头流放至此。他的名字叫格瓦西奥·萨比奥，负责做我的向导，直到把信送到加西亚将军手里。另外，他们还雇请当地人将我送出牙买加，这些人再向前走7公里任务就完成了。只有一个人例外，那就是我的“助手”。

经过一小时的休息，我们继续前进。走了不到半小时，又有人吹口哨，我们只好停下来，下了车。接着我们悄悄地走过一公里布满荆棘的道路，走进一个小果园，里面长满了可可树。这里离海湾已经很近了。

离海湾50米的地方，有一艘渔船在水面上轻轻晃动。突然，船里闪出一丝亮光。我猜想这一定是联络信号，因为我们是悄无声息到达的，不可能被人发现。格瓦西奥马上对船只的联络做出了回应。

接下来，我和军事联络处派来的人

匆匆告别。至此，我完成了给加西亚送信的第一段路程。

送信的第二段路程

我们涉水来到小船旁，上了船。我发现船里堆了许多石块用来压舱，还有一捆一捆长方形的货物，但不足以使船保持平稳。格瓦西奥当船长，我和助手当船员。船里的巨石和货物占了很大空间，坐在里面很不舒服。

我向格瓦西奥表示，希望能够尽快走完剩下的 3 公里路程。他们的帮助热情且周到，我深感过意不去。格瓦西奥告诉我，船必须绕过海岬，因为狭小的海湾风力不够，无法航行。我们迅速离开海岬，正好有微风送行，险象环生的第二段行程就这样开始了。

毫不隐瞒地讲，我在与他们分别后，心里十分焦虑。在距离牙买加海岸 3 公里以内的地方，如果我被敌人抓住，任务就无法完成，而且生命危在旦夕。我唯一的朋友就是这些船员，还有无边无际的加勒比海。

向北 100 公里便是古巴海岸，常有荷枪实弹的西班牙轻型驱逐舰在此处巡逻。舰上装有小口径的枢轴炮和机枪，船员都配有毛瑟枪。他们的武器比我们的先进，这一点是我后来才了解到的。如果我们与敌人遭遇，他们随便拿起一件武器，就会让我们命丧于此。

但是，我必须成功，必须找到加西亚将军，亲手把信交给他。

我们制定了行动计划，日落以前一直待在距离古巴海域 3 公里的地方，然后快速航行到某个珊瑚礁上，在那里等到天亮。如果我们很不幸地被敌人发现了，因为我们身上没有带任何文件，敌人也找不到证据。即便敌人发现了证据，我们也可以将船凿沉。船上满是石块，很容易沉下去，敌人想找到我们的尸体也不容易。

第二天清晨，海面上的空气清爽，令人心旷神怡。劳累了一天的我正想小睡一会儿，格瓦西奥突然大喊一声，我们都站起了身子。几公里外，可怕的西班牙驱逐舰正向我们驶来，他们用西班牙语下令让我们停航。茫茫大海上，我们无处可逃，如同待宰的羔羊，静等狼的到来。

船长格瓦西奥来掌舵，其他人都躲到了船舱里。格瓦西奥懒洋洋地斜倚在长舵柄上，让我们的船头与牙买加海岸保持平行。

“他们也许认为我是一个从牙买加来的‘孤独的渔夫’，如果这些人能相信的话，我们就能蒙混过关了。”船长的头脑非常冷静。

果然被他言中。驱逐舰靠近我们后，一位冒失的年轻舰长用西班牙语大声问道：“钓到鱼了吗？”

船长格瓦西奥同样用西班牙语回答:“没有,可怜的鱼今天早上就是不上钩！”

假如这位海军少尉——也许是别的什么军衔，稍稍动动脑子，他就会抓到一票“大鱼”。对，大鱼，我们都是大鱼，只要被他抓住。当然，如果被抓住了，我今天也就没机会讲这个故事了。

当驱逐舰远离后，格瓦西奥命令我们吊起船帆，并转过身来对我说：“如果先生累了想睡一觉，现在就可以放心地睡了，危险已经过去了。”

接下来的几个小时，我睡得非常安稳。要不是那灼人的阳光晃着我的眼睛，我也许还会在石头上多睡一会儿。

我伸了个懒腰，同行的古巴人用英语问候我：“睡得好吗，罗文先生？”我点点头，表示感谢。这里整天烈日炎炎，整个牙买加都被晒红了，就像一块红宝石。天空万里无云，像一块绿宝石。岛的南坡是美丽的热带雨林，树木葱郁，简直就是一幅美不胜收的风景画。岛的北部看上去却比较荒凉，和南部反差很大。一大片乌云笼罩着古巴。我们焦急地看着它，然而这片乌云丝毫没有要消失的迹象。我的心情也像这片乌云一样凝重。不过风力越来越大，很适合航行。我们的小船一路前行，船长格瓦西奥嘴里叼着雪茄，开心地和船员开着玩笑，看上去并不紧张。

乌云总有散开的时候，大约下午 4 点，乌云散尽。金色的阳光洒在西拉梅斯特拉山上，使得山峰格外庄严美丽。风景如诗如画，我们仿佛进入了艺术王国。这里山海相依、水天一色，姹紫嫣红、郁郁葱葱，恐怕世界上再也找不到这样的美景了。在海拔近 3000 米的山上，竟然有绵延数百公里的绿色长廊，这又是谁能想象得到呢？

我沉浸在这绝美的景色中，格瓦西奥却下令收帆减速，我不明白他的做法。他告诉我：“我们离战区越来越近，要充分利用在海上的优势，避开敌人的视线，保存实力。再往前走，如果被敌人发现，就会前功尽弃，说不定会白白送了性命。”

格瓦西奥的分析很有道理，我们开始检查武器。我只带了一支史密斯－威森左轮手枪，他们又给我一支来复枪。船上的人，包括我的助手都有这种武器。水手守护着桅杆，可以随手拿起身边的武器进行战斗。这次任务中最为严峻的时刻到了——到目前为止，感谢上帝的眷顾，我们的行程有惊无险。现在，危急关头就要来临，如果被逮捕，那就意味着死亡。死亡对一名军人来说，并不可怕，可怕的是给加西亚送信的任务也将功亏一篑。

我们的船离岸边大约有 25 公里，但看上去却近在咫尺。午夜时分，船帆松动了，船员开始用桨划船。正赶上一个巨浪袭来，没费什么力气，小船便被卷入一个隐蔽的小海湾内。我们趁着黑夜把船停在离岸上有 50 米的地方。我提议大家现在就马上上岸，但格瓦西奥想得更周到，他说：“先生，我们现在的情况是腹背受敌，最好的办法是原地不动。如果我们之前遇到的那艘驱逐舰想打探我们的消息，他们一定会登上我们经过的那座珊瑚礁，到那时我们再从这里上岸也不迟。我们只要穿过昏暗的葡萄架，就可以光明正大地出入了。”

笼罩在天边的热浪渐渐散尽，放眼远望，可以看到大片的葡萄、红树、灌木丛和刺莓，极为茂盛，差不多都长到了岸边。虽然有些模糊看不清楚，但给人一种朦胧的美。太阳照在古巴的最高峰，一刹那，万物都明亮了，雾霭消失了，笼罩在灌木丛上的黑影也消失不见了，拍打着岸边的灰暗的海水像被施了魔法一样，变成绿色了。光明终于战胜了黑暗。这是个吉兆。

船员们忙着把东西搬上岸。看到我默默地站在那里，眺望远处，格瓦西奥轻声对我说："你好，先生，我们开始行动了。"那时，我正在想着一位诗人写下的诗句，他定是曾经看过类似的景物："黑暗的蜡烛已熄灭／愉悦的白天从雾霭茫茫的山顶上／踮着脚站了起来。"

在这样一个美妙的早晨，我不禁心潮起伏，仿佛有一艘巨大的战舰停在我面前，上面刻着我最崇拜的人——美洲的发现者哥伦布的名字，一种庄严的使命感油然而生。

格瓦西奥的话语将我从美梦中唤醒，货也卸完了，我们来到岸上，小船被拖到一个狭小的河口，大家把船扣了过来，藏到丛林里。恰好在这个时候，一群衣衫褴褛的古巴人来在我们上岸的地方。他们从哪里来的，他们是怎么知道我们是自己人的？这对于我来说一直是一个谜，但没有时间让我去解谜了。他们扮成了装运工，但在他们身上能看到军人的印记，一些人身上有毛瑟枪子弹留下的疤痕。

我们登陆的地方好像是几条路的交汇点，从那里可以通向海岸，也可以进入灌木丛。我们向西走了约1公里，看到了植被中升起的小烟柱和袅袅的炊烟。我知道。这烟是从古巴难民熬盐用的大锅里冒出来的，他们从可怕的集中营里逃出来，躲进了山里。

我的第二段行程就这样结束了。

惊险的行程结束

如果说前面的路程是有惊无险的话，现在，真正的危险来到了。西班牙军队正在进行残忍的大屠杀。这些毫无人性的刽子手们见人就杀，从携带武器的军人到手无寸铁的难民，一个都不放过。我知道，在这种情况下，剩下的路程将更艰辛，但是我没有时间考虑这些，任何困难也不能阻止我前进，我必须立即上路！

这里的地形比较简单，通往北部方向有一条绵延约1公里被丛林覆盖的平坦道路。人们忙着开路。但古巴的路网就像迷宫一样，不熟悉路况的话可能就会迷失。炎炎的烈日烘烤着我们。我们背着包裹，负担很重。真是羡慕一起同行的伙伴，他们身上没有多余的东西。

我们气喘吁吁地继续前进。海和山遮住了我们的视线，茂密的叶子、曲折的小路、灼人的阳光，我们每前进一步都要付出巨大的代价。在海岸边我们看到这里到处都是青翠的灌木丛，但离开岸边到达山脚下，这样的景色就看不到了。我们很快就到了一个空旷的地方，意外地发现了几棵椰子树。椰子汁新鲜又清爽，对于口渴得要命的我们来说，简直是世上最可口的饮料。

任务在身，我们不能在此处久留，夜幕降临以前我们还要走几公里路。一旦放松下来，人就会有惰性。于是，我们迅速启程，翻过几个陡峭的山坡，进入另一个隐蔽的空地，很快我们就进入了真正的热带雨林。这里的路比较平坦，走在路上微风吹过，令人心情舒畅。

穿过这片热带雨林，我们进入了波迪罗到圣地亚哥的“皇家公路”。当我们靠近公路时，我发现同伴们一个一个陆续消失在热带雨林中，最后只剩下我和格瓦西奥两个人，我正想转过身去问他出了什么事，却看到他将手指放到嘴边，示意我不要出声，然后迅速拿起枪也消失在了丛林里。

我一下子明白了他的意思，我拿起了枪。这时我的耳边有马蹄声响起，还有西班牙骑兵的军刀声，以及时不时发出的命令声。如果不是格瓦西奥的高度警觉，我也许早已经走到公路上，恰好与敌人撞上了。短兵相接的结果是被抓或被打死。

我敏捷地端起来复枪，焦急地等待着，等待着听到枪声，但是没有听到，什么也没有发生。正在疑惑的时候，同行的伙伴儿一个个都回来了，格瓦西奥是最后一个。

“我们分散开，目的是麻痹敌人，以防被他们发现。我们分头行动，如果枪声响起，敌人一定会以为这是我们设下的埋伏，不敢轻易进入。”格瓦西奥露出了可惜的神色，接着说，“真想戏弄一下敌人，但任务第一，游戏第二！”我笑着拍了拍他的肩膀。

在起义军经常活动的地区，人们有个习惯，他们点起一堆火，用灰烤红薯，烤熟后就埋在那里，经过这里的起义军饿了，就可以拿起来吃。烤熟的红薯一个个传给饥饿的战士，吃饱后继续作战。我感觉有些饿了，同行的人马上就给我找了几块烤红薯。

在吃红薯时，我想起了古巴的这些英雄们。他们之所以在艰苦的条件下能取得一个又一个的胜利，是因为他们热爱自己的祖国。发自内心地争取民族解放的强烈信念支撑着他们，这种信念促使他们与敌人展开了不屈不挠的斗争。我们的先辈和他们一样，为了民族的尊严而战。想到自己所肩负的使命能够帮助到这些爱国的战士，我感到无上光荣。

在当天行程结束的时候，我注意到有一些穿着十分奇怪的人。

“他们是谁？”我问格瓦西奥。

“他们是西班牙军队的逃兵。”格瓦西奥回答。

“逃兵？西班牙的？”

“因为不堪忍受军官的虐待和饥饿，他们从曼查尼罗逃了出来。”

敌方有逃兵这是一件好事情，逃兵有时也很有用处，但在这旷野中，我不得不对他们表示怀疑。谁能保证他们当中没有奸细，不会向西班牙军队报告：有一个美国人正越过古巴，向加西亚将军的所在地进发。如果发生这种事该怎么办？敌人难道不会想方设法阻止我完成任务的吗？所以我对格瓦西奥说：“仔细审问这些人，并严加看管。”

“是，先生。”格瓦西奥答道。

为了确保任务万无一失，我下达了这个命令。事实证明，我的想法是对的，确实有人想逃走，去向西班牙人报告我们的事情。这些人并不知道我肩负的重大使命，但有两个人引起了我的怀疑。他们是间谍，我险些被害。那天晚上，其中一个人离开了营地，钻进灌木丛中，想向西班牙人报告有一个美国军官在古巴人的护送下来到这里。

半夜，一声枪响将我惊醒。我的吊床前突然出现一个人影，我吓了一跳，慌忙站起身来。这时对面又出现一个人影，转眼间便用刀将第一个人砍倒，从右肩一直砍到肺部。这个人临死前供认，他们已经商量好，如果那个同伴没有逃出营地，他就负责杀死我，阻止我完成任务。真是太危险了，我险些送命。

第二天很晚的时候，我们才弄到足够

的马和马鞍。我们耽误了很长时间，当时我十分焦急，但却无济于事。找来的这些马鞍有点硬，骑着不舒服。我有些不耐烦了，问格瓦西奥，能不能不用马鞍。

“加西亚将军正在围攻古巴中部的巴亚摩，”他回答道，“我们还要走很远才能到达他那里。”

这也是我们到处寻找马和马鞍的原因。一位同伴看了看分给我的那匹马，熟练地为我安上了马鞍。我非常敬佩这位向导的智慧。结果证明，格瓦西奥非常英明。我们骑马整整走了四天，如果没有马鞍，我的下场一定很惨。我要赞美我骑的这匹瘦马，它看上去那样瘦弱，跑起来却虎虎生风，它那拼尽全力的精神震撼了我。

离开营地后，我们沿着山路继续向前走。山路曲折，如果对道路不熟悉的话，一定会陷入困境。但我们的向导似乎对这蜿蜒曲折的山路了如指掌，他们带着我自如地在山路中穿行。

我们离开了一个分水岭，开始从东坡往下走。突然遇到一群小孩，还有一位白发披肩的老人，我们的队伍停了下来。白发老人和格瓦西奥交谈了几句，森林里突然出现了“万岁”的喊声，这是对美国的祝福，祝福古巴和“美国特使”的到来，这一幕让我非常感动。我不清楚他们是如何知道我的到来的。但消息在丛林中传得很快，我就像光明使者，使这位老人和这些小孩十分高兴。

在古巴的历史上，亚拉是一个伟大的名字。这里是古巴 1868 年－1878 年“十年独立战争”的发源地。在亚拉，一条河沿山脚流经这里，我意识到我们又进入了一个危险地带。这里建有许多战壕，用来保护峡谷。古巴士兵无时无刻不在守卫着这些战壕。

格瓦西奥相信我一定能完成我的使命，我也这样认为。

第二天早晨，我们开始攀登西拉梅斯特拉山的北坡。这里是河的东岸，我们沿着风化的山脊往前走。这里可能设有埋伏，西班牙人的机动部队很可能埋伏在这里，把这里变成我们的葬身之地。

幸运的是，这里没有埋伏。我们顺着河岸，沿着蜿蜒曲折的山路前行。在我的一生中，我从来没有这么野蛮地对待动物：为了让可怜的马走下山谷，我们残忍地用鞭子抽打它们。但我们也没有办法，必须及时把信送给加西亚。战争期间，当成千上万人处于危险之中的时候，马遭点罪又能怎样呢？我真想对这些可怜的动物说声“对不起”，但我已没有时间去多愁善感。

艰难的旅程总算告一段落。我们停在基巴罗森林边缘的一间小草房前，周围是一片玉米地。屋子里的椽子上挂着刚砍下的牛肉，厨师们正忙着准备一顿大餐，庆贺美国特使——我的到来。我到来的消息迅速传遍了这里的每一个角落。我被他们的热情深深地感动了，为了他们，我也一定要把信送到。

大餐既有鲜牛肉，又有木薯面包。刚吃完丰盛的大餐，一阵骚乱声传来，森林边上传来说话声和阵阵马蹄声。原来是瑞奥将军派卡斯特罗上校代表他来欢迎我，而将军将在明天早上到达此地。卡斯特罗上校下马的姿势十分优美，动作非常敏捷，就像专业赛马运动员。他的到来使我确信，我又有了一个经验丰富的好向导。卡斯特罗上校赠给我一顶标有“古巴生产”的巴拿马帽，我欣然接受。

第二天早上，瑞奥将军和一些训练有素的军官到达此地。瑞奥将军被称做“海岸将军”，他皮肤黝黑，是印第安人和西班牙人的混血。他步履矫健，身材高大挺拔；他足智多谋，多次成功地击退西班牙人的进攻；他擅长游击战，与敌人周旋，给敌人以沉重的打击，有多少次敌人想抓住他，但都没有成功。瑞奥将军在这里已经成为神话。

这一次，瑞奥将军派两百人的骑兵部队护送我。这些骑兵训练有素，骑术相当好。很荣幸得到他们的护送。我们又重新进入了森林。森林里的小路太窄，时常有树枝挡住前进的路，丛林里的常青藤经常刮破我们的脖子，我们不得不一边骑马一边清理障碍物。

向导骑术稳健，让我感到惊奇。我通常是在队伍的中部，有时候真想追上他，观察他披荆斩棘的英姿。他是一名黑人，皮肤像煤一样黑亮，名字叫迪奥尼斯托·罗伯兹，是古巴军队的一名中尉。他善于骑马踏过荆棘，穿过茂密的森林。他手里拿着宽刃的大刀，砍掉一片片藤蔓，在队伍前方为我们开路，似乎永远不知疲倦。

4 月 30 日晚上，我们来到巴亚莫河畔的瑞奥布伊，此处离巴亚莫城还有 20 公里。格瓦西奥又出现了，他的脸上带着满意的微笑。我没想到能再次见到他。

“先生，告诉你一个好消息，加西亚将军就在巴亚莫。西班牙军队已撤退到考托河一侧，他们的最后堡垒在考托。”他兴奋地对我说道。

我感觉自己离加西亚将军越来越近了。我太着急想和加西亚将军取得联系了，便建议夜行，但我的建议没有被采纳。

他们建议最好能充分休息一晚上。

1898年5月1日，这一天注定是个不寻常的日子。当我在古巴森林里睡觉的时候，美国海军上将正率领军队冒着枪林弹雨，进入马尼拉湾，向西班牙军队的战舰发起进攻。就在我给加西亚送信的途中，他们用大炮击沉了西班牙的战舰，对菲律宾首都构成了巨大的威胁。

第二天凌晨，我们踏上征途，从山坡上往下，直达巴亚莫平原。一路上我看到许多被战火摧残的乡村，满目疮痍。这些战争留下的废墟是西班牙军队罪恶的铁证。我相信，他们的最终要受到惩罚。

我们骑马走了大概100公里，来到一片平原上。历经重重艰难险阻，顶着灼灼烈日，跨过无数荆棘，我们来到了这片美丽的土地上，虽然它饱受战火煎熬，但依然充满希望。一想到我们即将到达目的地，所有的苦难都被抛在了脑后。任务就要完成了，连精疲力竭的马儿仿佛也在分享我们那急迫的心情。

我们来到曼占尼罗至巴亚莫的“皇家公路”，一路上遇到了许多衣衫褴褛的人，他们却兴高采烈地朝城里拥去。那唧唧喳喳的交谈声不由得让我想起了在丛林中遇到的那些鹦鹉，这些可怜的人终于可以返回阔别已久的家园了。他们怎能不开心？

巴亚莫曾是一个拥有3万人口的城市，但现在却成了一个仅有2000人的小村庄。这是谁造成的结果？西班牙。在巴亚莫河的两岸，西班牙人建了很多碉堡，西班牙人撤退后，这些小要塞里面的烟火还没有熄灭。当古巴人返回曾经繁荣的巴亚莫时，便将这些碉堡付之一炬。

胜利就在眼前，我们在河岸列队，

在格瓦西奥和罗伯兹与士兵说完话后，就继续行进。走了一段时间，我们在河边稍事休息，让马饮水，养精蓄锐，走完最后一段通往古巴指挥官营地的路程，去见加西亚。

引用当天报纸发布的消息："古巴将军说，罗文中尉的到来在古巴军队中引起了轰动。罗文中尉骑着马，在古巴向导的陪同下来到了古巴。"

几分钟后，我来到加西亚将军的驻地。

这一段漫长而惊险的旅程终于结束了。苦难、失败和死亡都远离我们而去。我成功了！

把信交给加西亚将军

站在加西亚将军指挥部门前，古巴的旗帜在飘扬，我的心情十分激动。我能够代表我国政府在这里和加西亚将军相见，我感到很荣幸。我们下了马，排成一列，等着将军的召唤。将军认识格瓦西奥，所以卫兵先让格瓦西奥进去了。不多时，他和加西亚将军一起走了出来。将军热情地欢迎我，并邀请我和同伴一起进去。将军将我一一介绍给他的部下，这些军官的军装是白色的，腰间都佩有武器。

将军向我解释道："很抱歉，我出来晚了，因为我在看从牙买加古巴军事联络处送来的信，信是格瓦西奥送来的。"

幽默真是无所不在，战争年代也不例外。军事联络处送来的信中，我被称为"密使"，但是翻译却把我翻译成"送信的人"。

吃完早饭，我们就当时形势进行了讨论。我向加西亚将军解释说，尽管我为美国总统带来了书信，但我并不只是个信使，我所执行的是军事任务。美国总统和作战部一直想知道有关古巴东部形势的最新情报，并曾经派了两名军官来到古巴中部和西部，但他们都没有成功连络上他。

关于西班牙军队占领区的情况，美国是非常有必要了解的，包括西班牙兵力的布置、人数；他们的指挥官特别是高级指挥官的性格；西班牙军队的士气；西班牙国家整体和各个地区的地形、路况信息，以及任何与美国作战部署有关的信息。其中最重要的一点是，加西亚将军建议展开一场美国军队与古巴军队联合作战的战役。我告诉将军，我国政府希望能得到关于古巴军队方面的信息。我问加西亚将军，我是否需要留下来亲自了解所有这些信息。

加西亚将军思考了一会儿，他让所有的军官都退下去，只留下他的儿子加西亚上校和我。大约3点钟，将军对我说，即使我在古巴待几个月，也不一定做出一份好的报告来。他决定派三名军官陪我回美国。这三名军官都是古巴人，训练有素，经验和知识都非常丰富，对自己的国家很了解，他们完全有能力回答以上美国所有想了解的问题。时间紧迫，美国越早获得相关情报对双方就越有利。听完加西亚将军的说法，我不得不佩服他。

他进一步解释说，他的部队需要武器，尤其是大炮——摧毁碉堡需要用到大炮。此外，部队还缺少步枪和弹药，他希望能重新武装他的队伍。我将这些话一一记下。

三名军官分别是克拉左将军，一位著名的指挥官；赫南得兹上校；约塔医生，对当地的疾病特征非常熟悉；还有两名水手陪同我们出发，如果美国决定为古巴提供军事装备，他们在运送物资的征途中一定能发挥很大的作用。

“你还有什么问题吗？”

长途跋涉的这九天里，我的脑中一直有许多问题。我多么希望能踏遍古巴的土地，给我们的总统一个满意的答复。但是面对加西亚将军的问话，我毅然地回答：“没有！先生。”

加西亚将军有着敏锐的洞察力，因为他的建议，我免除了几个月的劳累，为我们的国家争取了时间，也为古巴人民赢得了时间。

接下来的两个小时里，我受到了非正式的热情接待。5点钟，宴会正式开始。在宴会结束后，我被护送送到大门口。走在大街上，我很惊讶，没有看到之前和我一路而来的向导和同伴。格瓦西奥是想陪我回美国的，但加西亚将军没有同意，因为南部海岸的战争还需要他，而我的返程路线是向北部走。我向将军表达了我对格瓦西奥和他的船员的感激之情。我以纯拉丁式的拥抱与加西亚将军告别。之后我骑上马，与三名护卫者一起向北疾驰。

我终于把信交给了加西亚将军！

给加西亚送信的路上充满了各种危险，与我返回的行程相比，送信的路程也更重要。我见识了这个美丽的国度，一路上得到了很多人的帮助，他们为我做向导，成为我的伙伴，勇敢地保护着我。但是战争还远没有结束，西班牙的士兵还在到处巡逻，他们不会放过任何一处海岸；不会放过任何一个海湾；不会放过任何一条船。他们随时都可能把我当成间谍，一旦被发现，就意味着死亡。

面对咆哮的大海，我在想：成功永远不是一次航行，而是不断地航行。不管前方有多大的风浪，我们都必须努力前行，只有努力前行才能成功，不然我的使命就会前功尽弃。

返程的路上，同伴们也和我一样，心惊胆战，时刻警惕。我们小心翼翼地穿越古巴，向北行进，来到西班牙军队控制下的考托。这是一个河口，几艘小炮艇在此处停泊，对面有一个巨大的碉堡，里面有一门大炮，瞄准河口。

如果被西班牙士兵发现，我们就完了，这里便是我们的坟墓。但是勇敢成了我们的救星，我们按计划前进。最危险的地方往往是最安全的地方，也许是应了这句话了，敌人哪里会想到我们会在如此危险的地方上岸，去执行一项艰巨的任务。我们顺利过了这关。

我们用搭乘的那只小船航行了150海里，来到北部的拿骚岛，西班牙的快速驱逐舰经常在此处巡逻。危险将至。

任务已完成，这成就感让我无所畏惧。这只小船承载不了6个人，所以约塔医生只好返回巴亚莫。我们5个人将冒着枪林弹雨，继续前行，我们无所畏惧。

就在我们准备出发的时候，风暴突然到来。海上波涛汹涌，我们不敢轻举妄动，但是原地不动等待风暴过去也同样危险。该怎么做？现在是满月，假如风暴把云吹散，我们的行踪就会暴露，敌人会发现我们的。

但是，命运掌握在我们自己手中，我们要抓住机会。

11点钟我们上了船，此时天空乌云密布，月亮被遮住了。没有光亮，敌人无法发现我们。我们由一人掌舵，其余四人划桨。渐渐地，要塞离我们远去，我们已经看不见要塞的影子了，或者更准确地说，要塞里的敌人没有发现我们。我们在水中艰难前行，总算是没有听到大炮的轰鸣声和机枪的扫射声。我们的小船摇摇晃晃飘荡在大海上，像个蛋壳一样，有好几次差点翻船。幸运的是同伴们了解水性，装在船里的压船物派上了用场，使我们得以继续航行。

长时间的航行非常单调无趣，极度的疲倦让我们几乎睡去。突然，一个巨浪打来，差点将我们的小船掀翻，小船里灌满了水，大家的睡意顿消，都精神起来了。一个难熬的长夜过去了。太阳，可爱的太阳，从远方的地平线上钻了出来。让我们感觉到了温暖。

“快看，先生！”舵手们喊道。我马上警惕起来，顿时感觉焦虑不安。顺着他们所指的方向，我看到一艘船。难道是一艘西班牙战舰？如果真是那样，我们将在劫难逃。

舵手用西班牙语喊着，其他同伴应和着。真的是西班牙战舰？

不是，是桑普森海军上将的战舰，正向东航行去和西班牙战舰开战。我们长长地松了一口气！

天气真是酷热难耐，我们谁也睡不着。尽管美国战舰出现了，但是西班牙的炮艇很快就能追上我们，如果被他们追上了，后果不堪设想。到了傍晚，我们5个人疲惫到了极点，几乎支撑不住了，但是我们不能懈怠，强打精神继续前进。那天夜里，突然刮起了大风，风力强劲，海面顿时波浪滔天。我们竭尽全力保持小船的平衡，使小船不至于倾覆。真是惊心动魄的一夜！

第二天是5月7日，危险终于过去了。大约上午10点钟，我们来到巴哈马群岛安得罗斯岛南端的克里基茨。我们总算可以登陆暂时休息一下了。

当天下午，在13个黑人船员的协助下，我们对小船进行了彻底的检查和清理。这些黑人语言古怪，我是根本听不懂，但是手势语是通用的，我们用手势来交流。小船里装着猪肉罐头和手风琴。重新起航后，我虽然异常疲惫，但仍然睡不着。

第二天下午，当我们向西航行的时候，被当地的检疫官抓了起来，关到了豪格岛上。他们怀疑我们得了古巴黄热病。没想到我们会以这种理由被捕。或许因为我们特别疲劳，看着就像病人似的。

第二天，我得到美国领事麦克莱恩先生的口信。5月10日，在他的安排下，我们获释了。5 月 11 日，我们乘着这只“无畏号”小船驶离码头。

我们航行到了佛罗里达海域，但不够幸运，5 月 12 日，一整天都没有风，小船无法航行。我们一直等到夜晚，才有了些许微风，我们终于顺利到达了基维斯特。

当天晚上我们乘上了火车，到达塔姆帕，又在那里换乘火车前往华盛顿。最后，我们按照预定的时间到达了华盛顿。

我向作战秘书罗塞尔·阿尔杰进行汇报。他认真听了我的讲述，并让我直接向迈尔斯将军报告。迈尔斯将军接到我的报告后，给作战部写了一封信。信中说：“我推荐美国第十九步兵部队的一等中尉安德鲁·罗文为骑兵团上校副官。罗文中尉完成了古巴之行，在古巴起义军和加西亚将军的协助下，为我国政府带回了最珍贵的情报。这是一项异常艰巨的任务，我认为罗文中尉的表现非常出色，他那英勇无畏的精神将永载史册。”

我陪同迈尔斯将军参加了一次内阁会议。会议结束时，我收到了麦金莱总统的贺信，他感谢我把他的信送给了加西亚将军，并高度评价了我在本次任务中的表现。

麦金莱总统的信里最后一句话是：“你勇敢地完成了任务！”而我觉得，我只不过是服从命令，完成了一个军人应该完成的任务。不要考虑原因，只要服从命令。我已经把信送给了加西亚将军。

加西亚将军的回信

尊敬的麦金莱总统：

……

下面我想谈谈我对安德鲁·罗文中

尉的一些看法。

在我为将西班牙军队赶入考托而欣喜时，我听说有一位年轻的美国中尉，在我们古巴向导的带领下来到我的营地，并给我带来了总统阁下的书信。这位军官的到来使我感到震惊，我为这位军官的勇敢而自豪。我无法想象这个年轻人是如何在重重危机中突围，完成这项崇高使命的。您可以想象得到，他的旅程所经过的地方到处都是西班牙的军队——军舰、骑兵、巡逻兵和间谍，他们无时无刻不在威胁着罗文中尉的生命。令人惊讶的是，我们勇敢的罗文中尉克服了艰难险阻，到达了古巴。他的到来在古巴军队中引起了巨大轰动。

当我亲眼见到这个年轻人的时候，我相信了，相信总统阁下和瓦格纳上校选人的眼光，罗文中尉身上所表现出来的勇敢、冷静和忠诚让我觉得他正是送信的最佳人选，总统阁下有这样的勇士，我向您表示祝贺。

我很欣赏这个年轻人，他正是我们需要的人。罗文中尉是正直、忠诚、智慧，不畏牺牲的人。总统阁下，我相信您和我的看法一样：无论是在战争时期，还是将来的和平时代，我们都需要像罗文中尉这样的人。只有这样的人，才会义无反顾地主动投入神圣的事业，成为国家的栋梁之材。

值得注意的是，在我们的军队中还存在着这样一些人，他们拖拉懒散，对待事业的一贯态度是漠不关心。他们习惯于把自己的事业当作别人的事情，幸好还有人监督，否则他们恐怕早就把事情弄得一塌糊涂了。军队中存在这样的人是很危险的事情，因为他们的每一次被动和疏忽都可能断送我们的军队，进而断送我们的事业。

现在古巴和美国正处于非常时期，我们每个人都需要罗文中尉的这种崇高精神：对于上级交代的任务，能够立刻行动，百分之百地执行。这种主动与忠诚——我再一次强调罗文中尉的主动与忠诚——正是我们迫切需要的。

总统阁下，我要再一次对您说：我非常欣赏这个年轻人。抛开军事与政治，单单从个人感情来说，我要感谢您，感谢您派这个年轻人来到我面前，让我有幸见识到一名真正的战士。我要让古巴军队的每一个战士都向罗文中尉学习，学习他的精神。我要让所有的古巴人民都知道，给加西亚送信的那个年轻人，他的精神，他所展现出来的优秀品质，无论是现在还是以后，都是值得我们学习和标榜的。

卡利斯托·加西亚

1898年5月

美国总统的公开信

女士们、先生们：

今天，我要嘉奖一位年轻的陆军中尉，他就是安德鲁·罗文。罗文中尉是勇敢的军人，这样的军人大家都喜欢。但我在此要表彰的并不仅仅是他的勇敢，更重要的是他的敬业精神，他的忠诚和主动。他的忠诚为我们国家赢得了荣誉。毫不夸张地说，罗文中尉是一个合格的信使！

是的，他是一个合格的信使。明知困难重重，甚至有生命危险，他仍然接受了任务，将一封有关国家命运的信安全地送到居无定所的收信人手上，并在经历了千难万险之后将收信人的回信带了回来。在这次战争中，罗文中尉起到了非常关键的作用，他的出色表现是军事史上最勇敢的事迹，最值得称赞的行为。罗文中尉是一个为国家荣誉而不惜牺牲个人利益乃至生命的忠诚的战士，是值得我们全体公民尤其是年轻人学习的。

一个不容否认的事实是：在我们这个时代，许多人对自己所从事的职业充满怨恨，他们总是抱怨自己受到的不公平的待遇。不管是在我们的军队还是在政府、企业里，总会有一些懒惰、消极、懈怠的人，对自己的上司吹毛求疵、不停地抱怨。我想提醒这些人，你们应该向罗文中尉学习！

以正直、忠诚、智谋、主动和自我牺牲精神投身于一项神圣的事业，这就是罗文中尉身上所体现的精神品质，也是我们所有人应该具备的高贵品性。女士们、先生们，我希望你们，不，是我们所有人，都要以罗文中尉为榜样，充分发挥自己的聪明才智，以坚韧无畏的勇气去克服困难，以忠诚与主动去完成你们的使命，那么，我相信，你们也将成为另一个罗文——一个合格的信使！

女士们、先生们，美国因为罗文而骄傲，我相信美国也将会因为你们而骄傲！

麦金莱　美利坚合众国总统

上帝，赐给我们罗文这样的人吧

100 多年前，为了给即将出版的一本杂志补缺，一篇简短的文章诞生了。这是一篇关于美国军队里一名中尉的故事，这篇看起来微不足道的文章，后来竟然成为出版界有史以来发行量最大的出版物之一。《把信送给加西亚》已经被翻译成了世界上各种主要语言，印量超过了一亿册。这篇文章的意义是什么？为什么在全世界引起了如此大的轰动？

1899年，一个叫阿尔伯特·哈伯德的人为一本名为《菲士利人》的小杂志写了一篇评论。喝茶的时候，哈伯德和他的家人讨论起了美西战争。大家都认为，古巴起义军领袖卡利斯托·加西亚将军是美西战争的英雄，认为他在古巴战争中起着至关重要的作用。然而，哈伯德的儿子波特却有不同的看法。

“我认为，”波特说，“真正的英雄不是加西亚将军，而是罗文中尉——给加西亚送信的那个人。”哈伯德意识到儿子的话是正确的。于是哈伯德仅用一个小时的时间便完成了这篇文章——《把信送给加西亚》。他并不十分关心这篇文章，直到杂志开始收到加印那一期杂志的请求。

加印订单越来越多，杂志社忙得不可开交。哈伯德对如此多的订单感到困惑，于是问工作人员为什么人们对这期杂志如此情有独钟。当他得知，这些订单都是因为他写的那篇用来补缺凑数的关于罗文的文章时，他感到十分震惊。10 万份的订单、50 万份的订单，100 万份的订单接踵而至。最后，哈伯德不得不将印刷发行的版权授予那些需求量巨大的人，因为他的印刷能力有限，不能满足如此巨大的需求量。

为什么这么多人对这位默默无闻的安德鲁·萨莫斯·罗文中尉感兴趣呢？原因就是：每个人都在寻找像罗文这样的人。

1895 年，古巴正在为摆脱西班牙侵略者的统治，争取民主而斗争。西班牙侵略者残忍地镇压和奴役那里的人民，古巴人民迫切希望独立，得到自由。美国非常关注古巴的情况，不仅仅因为古巴在地理位置上是美国的近邻，更因为美国有大量的经济投资在古巴。1897年，古巴的形势开始恶化，古巴民族主义者和西班牙士兵在哈瓦那大街发生了暴力冲突，引发了骚乱。麦金莱总统派遣“玛恩”号战舰进驻古巴境内，以此表明美国势力的存在。这艘战舰停靠在哈瓦那海湾，清楚明白地向西班牙政府表示，美国将尽力保护其在古巴的利益。尽管战舰的威慑力很大，但是美国并没有参加任何反对西班牙的军事行动。

但是，1898年2月15日，巨大的爆炸声震动了哈瓦那港，美国的“玛恩”号军舰竟然被西班牙军队击沉了。美国人民对这一发生在距离美国海岸不到100公里的公然挑衅行为，感到十分震惊。麦金莱总统向西班牙政府发出最后通牒，要求其从古巴撤出。同年 4 月，美国正式对西班牙宣战。最终，美西战争不仅使古巴得到了解放，还解放了菲律宾群岛。

在美国对西班牙宣战前，麦金莱总统会见了美国军情局局长阿瑟·瓦格纳上校。麦金莱总统问上校：“在哪里能找到一个能把信送给加西亚的人？”这场战争成功的关键就在于古巴起义军和美国军队的合作。因此，和古巴起义军的领袖克利斯托·加西亚将军——一个古巴出生的克里奥尔人——尽快取得联系是至关重要的。那时候，加西亚将军正在古巴的丛林中，率领自己的起义军为古巴的独立与敌人作战。他是西班牙军队正在追捕的人物，没有人知道在哪里能找到他。

瓦格纳上校毫不犹豫地回答了总统的问题:“我知道一个年轻军官,安德鲁·萨莫斯·罗文中尉,如果有人能把信送给加西亚将军,那么这个人一定是罗文。”

一小时后,瓦格纳上校站在罗文中尉面前,他对罗文说道:“年轻人,你必须把一封信送给加西亚将军,他现在在古巴东部的某个地方……你必须自己计划和安排行动,这是你的任务,只能靠你自己完成。”之后,瓦格纳上校一边和罗文中尉握手,一边叮嘱道:“一定要把信送给加西亚将军”。罗文没有问任何问题,接过信就开始了寻找加西亚的旅程。

罗文接受命令,完成了任务,把信送给了加西亚将军,并且给麦金莱总统带来了回信。他并没有问“他在哪里?”“他长得什么样子?”“他有没有联络人？”“我怎么能到达那里？”他只是接受任务，执行任务。

我们中间有罗文这样的人吗？有人能像他一样，接受上级命令后不问任何问题就去完成任务吗？有人能不用雇主全程督促，独立完成工作任务吗？如果没有这样的人，雇主只好自己去做了。

有没有这样的人，我让他去完成一项任务，等到我再看到他时，他问我：“你交给我的任务我已经完成了。接下来我要做什么？”我去哪里能找到这样的人？这样的人在哪里？我能找到一个像罗文这样的人吗？有没有人能把信送给加西亚？

这样的人确实有，但不是很多。或许现在就有一些罗文在读这篇文章。一般来说，总有一些人是出众的，出众意味着超越常人。这些人不仅会做别人要求他们做的事情，而且还会做超出一般人想象的事情，他们追求卓越。

下面的文字摘自阿尔伯特·哈伯德一百多年前所写的那篇文章，但看上去却完全不过时：

……

假如你不相信的话，我们来做个试验：

此时此刻你坐在办公室里——有六名职员在等待你给他们安排任务。你将其中一名叫过来，吩咐他说："请帮我查一下百科全书，把克里吉奥的生平做成一份摘要。"

这个职员会静静地答道："好的，先生。"然后立即去执行吗？

我敢说他绝对不会，他一脸疑惑地盯着你，提出一个或一连串问题：

他是谁？

查哪套百科全书？

百科全书放在哪里？

这是我的工作吗？

为什么不叫查理去做这件事呢？

他去世了吗？

这件事很急吗？

我可以把书拿来你自己查吗？

你查他是想知道什么呢？

……

在过去的一百多年里，人们并没有发生什么变化，难道不是吗？通常的情况是，我交给某人一项任务时，他会问我许多问题，我马上意识到，这样的人是“无法把信送给加西亚的”。

能把信送给加西亚的人太少了，大多数人都安于现状，对此我无法理解，无法理解人们为什么会满足于这种平庸。只有你决定要成功，你才能成功。只有你去选择生活，而不是反过来让生活选择你，你才能成功。每个人都要决定自己的命运。你可以选择得过且过、随波逐流，也可以选择追求卓越完美。

我想起了《圣经·马可福音》里的一个故事。耶稣和他的门徒在经过长途旅行后，感到十分饥饿。耶稣走到一棵漂亮的无花果树前，树上没有结任何果实。耶稣诅咒了这棵树。第二天，当他们经过这棵树的时候，一个门徒注意到这棵无花果树已经枯死了。

最近，当我重读这个故事的时候，我有了新发现，《圣经》说这棵无花果树没有结果实是因为当时不是无花果树结果的季节。那么我的疑问是："主啊，你是不是对这棵无花果树的审判太苛刻了？在那个季节，任何一棵无花果树都不能结果。"

后来，在当晚的凌晨两点，我突然

从床上坐了起来，想起上帝的话：“如果你所做的一切都是自然而然会发生的，那么你就不会被人们所铭记。”

上帝不希望我们只做那些普通的、方便的事情。他希望我们追求非凡的事业。对我们来说，顺其自然就是平庸。平庸是上帝最不想看到的。耶稣用这棵无花果树作比喻，告诉我们他希望我们怎样做。他希望那棵树能够一年四季都结果，并且要硕果累累。当你本应该做得比大多数人更出色的时候，为什么要甘于平庸呢？如果你可以在一年的365天中的某一天结出果实，为什么不能每天都结出果实呢？为什么我们只做那些每个人都在做的事情呢？为什么我们不能超越平庸呢？

没有人能够自然而然就获得奥运会冠军，要想赢得金牌，就必须超越极限。

我厌倦了平庸。我体会到了哈伯德在写下这些文字时的感受：

最近，我们经常听到许多人对那些“收入微薄而毫无出头之日”以及“无家可归寻找雇佣机会”的人表示同情，同时严厉指责那些雇主。

但是，没有人提到，一些雇主如何一直工作到满头白发，试图让那些不求上进的懒虫勤奋起来，却都是做无用功；也没有人提起，一些雇主如何长久地、耐心地希望感动那些员工，让他们振作，但是当他一转身，那些员工依旧敷衍了事。

……

难道是我夸大其词？也许是的，但是就算全世界都热衷于访问贫民窟，我也要为成功者说几句公道话。

我钦佩那些无论老板在或者不在都

会努力工作的人，我敬佩那些能够把信交给加西亚的人。他们静静地把信拿去，不会问任何愚蠢的问题，更不会随手把信丢进水沟里，而是尽全力把信送到。这样的人永远不会被解雇，也永远不必为了要求加薪而罢工。

文明，就是孜孜不倦地寻找这种人才的探索过程。

这样的人，无论有什么样的愿望都能够实现。在每个城市、村庄、乡镇、商店、工厂，以及办公室，这样的人都会受到欢迎。全世界都在呼唤：我们需要这种人——这种能够把信送给加西亚的人。

谁将把信送给加西亚？

永远都不要说别人对你的要求超出了你对自己的预期，如果别人发现了你工作中的失误，不要找借口，承认自己做得不够好吧，不要试图为自己辩解。

当我们可以选择卓越的时候，为什么要甘于平庸呢？对于别人说对自己要求高不是他们的本性的说法我已经听厌了。人们或许会说：“我的个性与你不同，我不像你那样争强好胜，那不是我的天性。”

对这些人，我的回答是：“改变自己”。真的，这只是个决心的问题。下决心去改变自己吧。对于“卓越”这个话题，《圣经》里面有深入的研究。《马太福音》里记载了一个故事：有一个人要去一个很远的国家旅行，他把仆人召集起来，把自己的财产委托给他们，他给了第一个仆人五个塔兰特，给了第二个仆人两个塔兰特，给了第三个仆人一个塔兰特。他是根据每个人的能力给的钱。有五个塔兰特的仆人，用这些钱去做生意，又挣了五个塔兰特；得到两个塔兰特的仆人，也赚到了另外两个塔兰特；拿到一个塔兰特的仆人，把主人的钱埋到了土里。

过了很久，主人回来了，和三个仆人算账。拿到五个塔兰特的仆人，交给主人十个塔兰特，主人对他说："做得好，你很善良，又很忠诚，值得信赖。我会把很多事交给你来管理。你可以和我分享快乐的生活。"

拿到两个塔兰特的仆人交给主人四个塔兰特，主人对他说："做得好，你很善良，又很忠诚，值得信赖。我会把很多事交给你来管理。你可以和我分享快乐的生活。"

接着，拿到一个塔兰特的仆人来到主人面前说："主人，我知道你想更富有，想收获没有播种的土地、收割没有播种的庄稼，我很害怕，于是就把钱埋到了地里。请看，这是你原来的钱。"主人回答道："你这个懒惰的仆人，你既然知道我想收获没有播种的土地、收割没有播种的庄稼，你就应该把钱存起来，等我回来的时候可以连本带利地收回来。”于是，主人把他的一个塔兰特也收回了，交给了已经有十个塔兰特的仆人。凡是有的，要给予更多，使其富有；凡没有的，要将他现有的都剥夺。

这个仆人以为他会得到主人的赞赏，因为他没有弄丢主人交给他的那一个塔兰特。他以为，只要没有弄丢或者赌博输掉这个塔兰特，就算完成了任务。然而，主人却不这样认为，主人希望仆人能变得更优秀，他希望他们能有所超越，出类拔萃，而不是顺其自然。前两个仆人做到了，他们把主人给的钱增值了——百分之百的收益。那个愚蠢的仆人却是混日子，毫无作为。

我在一生中看到了许多这样的人：

我做事情只做那些我不得不去做的，我没想过要把每件事情都做得完美。

美国国家航空航天局空间研究开发所的项目主设计师沃纳·冯·布朗是“阿波罗 4 号”计划的首席工程师，在谈到推动宇宙飞船的“土星 5 号”运载火箭时，他说“土星 5 号”由 560 万个零件组成，即使精确性为 99%，仍然会有 5.6 万个零件可能有问题，然而“阿波罗 4 号”在进行模拟飞行时，只出现两次异常状况，这表明精确性为 99.999%。如果一部有 1.3 万个零件的普通汽车有这样的可靠性，那么它第一次发生故障将在 100 年后。”

为什么我们的汽车不能制造得像“土星 5 号”火箭一样精密呢？因为美国国家航空航天局制造土星号火箭遵守了比汽车工业更高的生产标准。我们应该向美国国家航空航天局学习。上帝希望我们追求完美，为自己设立高于他人的标准。

我希望你扪心自问：“我能把信送给加西亚吗？如果有人告诉我他在古巴丛林中的某个地方，我能找到他并把信送给他吗？如果我不知道他的长相，也不知道到哪里才能找到他，我能执行这项任务吗？”如果你渴望成功，你一定能够想出办法。如果你下定决心一定要成功，你就能成功。

现在的我们都成了找借口的专家——为我们不能完成的事情找各种借口。为什么我们不能接受任务，把它做得完美呢？人们总是告诉我各种各样的理由和他们完不成任务的各种借口。

做一个像罗文那样的人吧。下定决心，做出选择。有些事情可能会拖累我们，使我们陷入困境，但是，为了完成任务，我们不得不咬牙坚持。有时也许会受到侮辱，我不知道自己能否再迈出一步，但是我不会止步，我不能放弃。我不会考虑放弃任务，我一定会完成摆在面前的任务，我会在生活的每个方面追求完美。即使跌倒，也要爬起来，反省自我，振作起来，直到获得成功。

上帝，赐予我们像罗文这样的人吧。

如果我受命去给加西亚送信，我相信我能做到。你会认为我骄傲自大，不是这样，我是自信。我知道如果你交给我一封信，说："把这封信送给加西亚"，我一定会完成任务。同样，我也想让你送一封信给加西亚。做到最好吧！如果人们一直在说你不会成功，不要相信他们，那都是谎言。别人传达给你的消极信息，根本不重要。

下定决心吧，成功等于1%的灵感加

上 99% 的汗水。只要你肯努力，你就能获得成功。你是否下定决心，将工作做到完美？你准备好把信送给加西亚了吗？

在我办公室的墙上，有一块匾，上面刻着这样的文字：

卓越源于比别人更坚持，比别人冒更多的风险，比别人有更多的梦想，比别人有更高的期望。

选择追求卓越吧！追逐目标，去实现梦想。相信自己能做到，把信送给加西亚吧！

马克·戈尔曼

一本可怕的书

一百年前，有名的出版人阿尔伯特·哈伯德写下了《把信送给加西亚》——一篇风靡世界的文章。

当时哈伯德正在为《腓力斯人》杂志三月份的文章做准备，杂志社刊登了一些有助于使懒惰的人变得勤奋的文章，但是哈伯德那时候没有想到罗文中尉。写这篇文章的灵感源自哈伯德和家人喝茶时的一次讨论。当时，大家都认为美西战争的英雄是古巴的起义军领袖加西亚将军，而哈伯德的儿子却认为罗文才是真正的英雄，是他把信送给了加西亚将军。哈伯德马上意识到儿子的观点是对的，于是他立即开始写作，仅用了一小时时间就写完了《把信送给加西亚》，然后就把它登在了《腓力斯人》杂志上。

事实上，《把信送给加西亚》只是一篇由24个段落组成的文章，封面和装订都很简单。

这本书于1899年首次出版，故事发生的时间是1898年，讲述了安德鲁·萨莫斯·罗文中尉进入古巴山林的冒险经历。当时美国即将向西班牙宣战，麦金莱总统派罗文中尉去给加西亚将军送信，加西亚将军是反对西班牙统治的古巴起义军领袖。

罗文既没有问怎么去找加西亚，也没有问加西亚在哪里。他接到任务就出发了，他找到了加西亚，并返回华盛顿，向总统汇报了起义军的兵力部署情况和西班牙军队的情况。在开战前夕，这些情报是非常重要的。

罗文完成了一项几乎不可能完成的任务，报纸大量报道他的事情，于是罗文出名了。

故事虽简单，但不影响它的畅销，《腓力斯人》杂志很快便脱销了，之后这篇文章得到了企业、军事、政治等各界人士的青睐。

从管理者角度讲，《把信送给加西亚》能给自己的团队以重要启示。从内容上看，这本书劝告员工要敬业和勤奋工作，书中强调要主动完成任务，切中了企业生存和发展的命脉，因此得到了企业管理阶层的肯定和重视。一个世纪以来，它应用的领域更加广泛了。

一直以来，美国西点军校和海军学院的学生都要上一门关于自立和主动性的课。这门课的教材就是《把信送给加西亚》这本小册子，它的精神影响了一批又一批学员。

《把信送给加西亚》也成为了培养公务员敬业精神的必读书目。布什家族的成员都受到了这本小册子的影响，布什就在一本硬皮本《把信送给加西亚》的扉页上签下了自己的名字，并把它赠给了自己的助手。

2000年6月21日，《圣彼得堡时报》上的一篇报道叙述了布什家族和这本书的密切关系。当年布什上任州长的第一天，就在这本书上签了名并送给自己的助手。“它静静地放在弗兰克·布洛根办公室里的茶几上，布什州长在他的签名上面写了这样一句话：‘你是一位信使。’”

事实证明，布洛根是布什政府里的几位“信使”之一。政府办公室的墙上钉着一页纸，每一个工作人员都被要求读《把信送给加西亚》，并且读完后要在纸上面签上自己的名字。

布什州长说：“我把这本书分享给那些在政府成立时就与我共同奋斗的伙伴。我们的团队需要能把信送给加西亚的人，我们一直在寻找这样的人，让他成为我们团队中的一员。那些坚强正直、能自我督促的人才能改变世界。”

布什在德克萨斯州竞选总统时，将《把信送给加西亚》送给了他的儿子乔治·布什。布什说，这是他给儿子上的最重要的一课。

奥兰多的律师肯·莱特，曾长期为杰布·布什及其前总统父亲效力。1998年，杰布·布什竞选总统时，莱特把这本《把信送给加西亚》送给了杰布。

莱特是这样理解这篇文章的：不可以抱怨。我的人生准则是：你既然做这份工作，就要竭尽全力把它做好。莱特清楚地记得，他推荐杰布看这本书的时候他们的对话：

杰布说："我对这些新时代的东西，真的不感兴趣。"

"杰布，读读这本书，它只需要花费你喝一杯咖啡的时间。这不是新玩意儿，它像山脉一样久远。"

莱特说，当我再碰到他的时候，他已经读完了这本书，他的反应如我所料："这本书太可怕了，它说明了一切。"

威廉·亚德利

阿尔伯特·哈伯德的商业信条

我相信我自己。

我相信我所销售的商品。

我相信我所就职的公司。

我相信我的同事和助手。

我相信美国式的商业方式。

我相信生产者、创造者、销售者以及世界上所有正在努力工作的人。

我相信真理就是价值。

我相信愉快的心情,还有健康的身体。

我相信成功的关键并不是赚钱，而是创造价值，回报总会到来，通常只是过程问题。

我相信阳光、空气、菠菜、苹果酱、笑声、乳酪、孩子、斜纹布和丝绸。请记住，英语中最伟大的词就是“满足”。

我相信自己每做成一单生意，就会交上一个新朋友。

我相信当自己与一个人分别时，一定会做到：当我们再见面时，他看到我很开心，我见到他也很愉快。

我相信工作的双手、思考的大脑和

爱的心灵。

阿门，阿门！

阿尔伯特·哈伯德的人生信条

我相信是上帝创造了人类。

我相信上帝保佑由父亲、母亲和孩子组成的三位一体的家庭。

我相信上帝就在我们身边，我们和上帝是如此之近，和开始时一样。

我相信上帝创造了这个世界之后，不会置之不理，听之任之。

我相信灵魂的暂居之所——人类身体的神圣。因此我认为，通过正确的思考和生活以保持身体的美，是每一个男人和女人的义务。

我相信男人对女人的爱和女人对男人的爱是神圣的。在这种爱的推动下的灵魂和人类对上帝的爱或是人类心灵的最深处同样的神圣和崇高。

我相信经济、社会和精神上的自由可以使人类得到救赎。

我相信约翰·拉斯金、威廉·莫里斯、亨利·索罗、沃尔特·惠特曼和列夫·托尔斯泰是上帝的先知，他们的思想境界和灵魂的境界可与以利亚、何西阿、以西结和以塞亚等先知齐名。

我相信人类像以前一样被激励和鼓舞着。

我相信人类生活在永恒之中，正如我们所希望的那样。

我相信我们为未来生活做准备的最好方法就是心存善念，在每一天、每一刻，尽全力做好自己的工作，使它尽善尽美。

我相信我们应当记得每一个礼拜日，因为它是神圣的。

我相信魔鬼并不存在，存在的只是人的恐惧和懦弱。

我相信除了你自己，没有人可以伤害你。

我相信我所具有的神性和你是一样的。

我相信我们都是上帝的子民，除此之外，我们什么都不是。

我相信到达天堂的唯一途径就是：天堂在我心中。

我相信每个人都关注自己的事。

我相信阳光、空气、友情、安心的睡眠和美好的思想。

我相信悲伤具有净化的功能，我也相信死亡是生命的另一种显现方式。

我相信宇宙是公平的。

我相信这是可能的：当我的头脑中产生新的想法，一次又一次，我会用新的信条来增补或者改变某一条。

你属于哪一类人？

我们常常能够听到以下这些熟悉的话语：

“现在是午休时间，3点以后你再打来吧。”

“那不是我的工作。”

“我太忙了。”

“那是汉斯的工作。”

“我不知道该怎么帮你。”

“你去图书馆试过吗？”

“对不起，这件事我们现在办不了。”

“你还可以多补充一些吗？”

……

有一次，我到一家百货商店去买东西。我走到一个自己认为要找的柜台前，可是店员却把我带到了别的柜台。你知道吗，在我找到我要买的那件东西之前，我被带到了店里的四个不同的柜台。如果有人能在这里贴出一张杜鲁门总统的座右铭：“责任到此，不能再推！”那该多么振奋人心！

但是，在这些屡见不鲜的话语和令人困惑的推托之外，我们也看到了另外一些不同的情形。

斯拉在一家大公司的办公室从事打字员的工作。一天，同事都出去吃饭了，正巧一位叫达斯的董事路过他们部门想找一些信件。这并不是斯拉的工作，但她回答道：“我并不知道这些信件，但是，达斯先生，让我来帮助您处理这件事情吧！我会尽快找到，并送到您的办公室去。”当她将达斯要找的东西放在他面前的时候，达斯显得很高兴。

故事并没有结束。四个星期后，斯拉升职了，她到了一个更重要的部门工作，薪水也提高了 30%。猜猜是谁推荐她的？就是那位董事。在斯拉为达斯先生找到信件后，达斯记下了她的名字。在一次公司管理会上，有一个更高职位的空缺，他推荐了她。

世界上很少有那样的好事，待遇丰厚却不用承担任何责任。一时的不需承担责任是可能的，但是想永远不承担责任，那就得付出巨大的代价。当责任迎面而来时，你却逃避了，你失去的是伴随责任而来的机会。对大多数职位来说，待遇的多少和所承担责任的轻重有很大的关系。

主动要求承担责任，或自发地承担更多的责任是成功者必备的品质。大部分情况下，即使你没有责任去对某事负责，你也应该积极去做好此事。如果你表现出能够胜任更重要的工作，那么待遇也会相应提高。

在英文里面，代价最高的三个字是：我没空（I haven't time）。没有空，你便放弃与家人相聚的欢乐吗？没有空，你就能够忽略那些缺陷吗？没有空，你就不好好休息和运动吗？在任何情况下，都不要让“我没空”这三个字影响你去完成有助于自己得到幸福的事情。

有两种人永远也没办法成功：一种是只做别人交待的事，另一种是别人交待的事也做不好。哪种情况更糟糕一些，不好说。但是，他们会在企业裁人的时候首先被裁掉，或是被调到更低下的工作岗位上碌碌终生。

按照上面所说的任何一种方式工作，你可能会有一时轻松，但是却不会有成功的那一天。在工业时代，听命行事很重要，但是个人的主动精神更重要。一旦了解哪些事情需要做，就要立刻采取行动，不要等到别人来吩咐。明白公司的发展规划和你的工作范围，就能够预知需要做些什么，然后大胆地去做！

有一种东西能得到众人的褒奖，不仅是金钱还有荣誉，那就是主动性。什么是主动性？就是在没有被人告知具体事件的情况下，就动手去做。就像给加西亚送信的罗文中尉。送信的人得到了极大的赞誉，虽然他们的收入并没有马上增加。

还有一些人，至少要被告诉两次以后才会动手去做，这些人注定收获不到荣誉，也得不到钱。比主动去做应该做的事情的人次一等的，是当有人告知你如何去做后，便马上着手去做的人。

还有一些人，只有穷得没办法的时候，才会去做事。这类人总是让人看不起，他们的收入也十分少，只能勉强糊口。

这些人大多数时间都在想着幸运之神什么时候能降临到自己身上，甚至空想着能够中彩票。比这类人稍好一点儿的人，有人在他们身后踢一脚，他们还是会去做事，不过这种人总是在辛苦中度日，不停地抱怨老板。

还有比上述几类人更差的人。这类人已经无可救药，即使别人站在他面前，给他做示范，并且督促他，他仍不能用心去做事。这样的人总是失业，总被别人看不起。通常，噩运会隐藏在熙熙攘攘的人群中耐心地等待着他们。

问问自己，你属于哪一类人呢？

坚持或者放弃

这是亚伯拉罕·林肯写给胡克的信。即使林肯的所有信件和演讲资料全部被毁掉了，但只要那封写给胡克将军的信能留下来，我们就能洞悉这个铁路“劈木工”崇高的思想境界。

通过这封信，我们可以看到林肯的自制精神，同时也能感受到他非凡的领导力。这封信展现出了林肯天才的外交才能，他率直、慈爱、智慧、老练，胸襟宽大。

在此之前，胡克将军曾经粗鲁地攻击自己的首席指挥官——林肯总统，言辞不够公正。与此同时，他还羞辱了自己的上司伯恩赛德。但是，林肯并没有对他的这些行为耿耿于怀，他相信胡克的军事才能，并且充分发挥他的优点，使胡克继承了伯恩赛德的职位。换句话说，一个被误解、被无礼相待的人提拔了一个对他无礼的人。在这个故事中，被提拔者和提拔者之间产生了温暖的友谊。

作为一位领导者，林肯顾全大局，他的表达方式也没有让胡克蒙受羞辱，他没有用愚蠢的话让胡克更加愤怒，林肯以一种心平气和的态度给胡克写信，理智地消除自己和胡克间的纷争。

我们最好将这封信的全文抄录如下：

华盛顿，白宫

一八三六年一月二十六日

胡克将军：

将军，我任命你为联邦政府军的总司令。我之所以如此做，是有充分理由的。但是，我想最好能让你知道一些和你有关的事情，我对你的某些做法并不太满意。

作为一位勇敢善战且经验丰富的军事家，我非常欣赏你。我也相信你不会将自己的职责与政治混为一谈，对此，我充分信任你。在你坚守自己的军人职责方面，我认为你是正确的。你很有自信，这种品质很珍贵，或者说是必不可少的品质。

你雄心勃勃，同时有合理的约束力，这样能更好地发挥出益处而不是坏处。但是，我认为在伯恩赛德领导军队期间，你为了实现自己的野心，而妨碍了一位你的兄弟的工作，在这一点上，你犯了一个大错误，无论是对我们的国家，还是对这位战功卓著的、光荣的、受大家尊敬的将军。

最近，我听闻你发表了这样的观点：你宣称军队和政府都需要一位独裁者。当然，我要说的重点不是这个，我对你委以重任，虽然有这方面的因素，但不仅仅如此，更重要的原因是：在我看来，只有那些建功立业的大将军才能自封为独裁者。现在，我对你的期待是取得军事上的胜利——为此，我将冒着独裁的危险。政府将全力以赴支持你，不会比以往多也不会比以往少，政府对所有的军队总指挥官都一视同仁。我很担心你以前在军队中助长的那些不良风气，比如对自己的长官指手画脚、吹毛求疵，不信任长官，这些情况也会应验在你的身上。我会尽自己所能为你减少这些麻烦。如果放任不管，不管是你还是拿破仑再生，都无能为力。所以，现在开始克服这种轻率鲁莽，勇往直前，把胜利带给我们。

你的非常真诚的亚伯拉罕·林肯

信中有一点值得我们深思，它提出了一种情况，那就是在一片有毒的土壤里会生长出致命的物质。我提到过不良的习惯——那种对于位居我们之上的人嘲笑、吹毛求疵、抱怨和批评的习惯。

位高权重的人必然会受到很多批判、中伤和误解。这是成为大人物的代价，每个伟大的人物都深深明白这一点。当然，杰出无须证明。证明自己杰出的最有力证据是对无礼的侮辱不带怨恨的宽容。林肯做到了，他没有对非难表现出不满，他知道每件事的发生必定有它发生的理由。但是，他也希望胡克意识到，自己种下恶的种子时，必定会自食其果。“如果放任不管，不管是你还是拿破仑再生，都无能为力。”胡克犯的错误最后会反馈到胡克自己的身上，林肯曾受到胡克的非难，但是胡克将受到更多的非难。

不久前，我遇到一名放假回家的耶鲁大学学生，我可以肯定他代表不了真正的耶鲁精神。这名学生对学校的制度满腹牢骚，言辞中满是批评和抱怨。

耶鲁的哈德利校长向我表达了看法，

我收集了一系列的事实和数据，作为证据。很快我就发现问题所在，问题并不在耶鲁大学，而出在那个年轻人身上。他与自己的学校在精神层面上格格不入，以致于他无法在学校中发挥出自我的力量。耶鲁并不是一所完美的大学，我想这一观点，哈德利校长和大多数耶鲁人都会接受。但是耶鲁大学为学生提供的优越条件是实实在在的，而这些优越条件是否能得到充分的利用则取决于学生自己。如果你是一名在校的大学生，就应该充分利用学校现有的资源。

有付出才能有所获，衷心地给予学校宽恕和忠诚才能有所收获。以自己的学校为傲，与老师站在一起，他们都在尽职尽责做到最好。如果说学校确实有很多问题，那么你应该做的是每天努力学习，用自己的行动给他人树立榜样，齐心协力让学校更完善——只要做好你自己的事。

如果你认为你就职的公司运作不正常，或者老板性格乖戾，那么最好的方法是私下里悄悄地、心平气和地告诉他：他的管理方法是不合理和荒谬的。然后向他提出自己的改革意见。你可以关心他并帮助他改正那些管理漏洞。如果由于种种原因你没有这样做，那么你有两个选择：坚持或者放弃。你只能二者择其一——现在，是时候做出你的选择了！如果你为一个人工作，以上帝的名义：为他效劳。

如果他付给你薪水，解决你的温饱问题，那么，努力地为他工作，称赞他、欣赏他、支持他，站在他和他所代表的组织机构这一边。我想，如果我为一个人工作，那么我就会一直为他而努力。

我不会在一段时间里支持他为他工作，而在剩下的时间里反对他，做和他对立的事情。如果不能全心全意，干脆什么都不要做。一盎司的忠诚比一磅的智慧更有分量。

如果你无法控制自己不去中伤、非难和诋毁他，那么为什么不辞职，然后以旁观者的角度重新审视自己。但我还是请求你，只要你还在其中，就不要贬损它。事实上，当你贬损它时，就等于是在贬损自己。

更重要的是，你在这样做的时候，你也正在割断自己和这些机构的纽带，当一股强风吹来时，你将会被连根拔起，落入暴风雪中——你可能自己都不知道原因。

到处都能看到失业者。和他们交谈时，你就会发现，他们的内心充满了抱怨、痛苦和谴责。这就是问题所在——他们在认识上的障碍。吹毛求疵使得他们的发展道路越来越窄，最后一事无成。他们与公司的理念格格不入，已无法适应那个职位，对雇主毫无价值，最终只好被迫离开。每个雇主都在不断地寻找能够帮助自己的人，同时他也会从员工中去除那些对他没有帮助的人——任何对公司发展形成阻碍的人或事物，最终都要被抛弃。不要抱怨，这就是商业法则，是建立在自然法则基础上的。奖赏只会给那些有用的人。要想对公司有所帮助，你必须先保持宽容。

你可以选择在一旁抱怨，做手势或者提建议，对上司表明你的看法，表明你对他的态度，告诉他：他性格乖戾，他的管理是错误的。这样做，你将“成功地”引起他的不满，激起他的愤怒。

不仅如此，你的做法更加速了自己的失败和出局。当你在对其他人说自己的老板刻薄时，那么就表明你自己也是这样；当你对他人说自己公司的制度陈旧不够变通的时候，那么你也正在贬低你自己。

这个批评、抱怨的坏习惯，就像刀会越磨越锋利一样，是一个越用越顺手的工具。它的危害在于，在不断地“磨炼”下，本为温和的规劝者，最终可能变成一个吹毛求疵的人。更可怕的是，这把锋利的“刀”，甚至有可能割断你自己的喉咙。

尽管胡克有种种缺点，但他依然得到了提拔。然而，那只是因为他上司的关怀，是他上司的宽容和忍耐。但是，就算是林肯，也不可能一直保护他。如果胡克战败了，林肯不得不再用其他人取而代之——一个更沉着冷静，一个不会妄加评论、不会抱怨他人的人——即使他是自己的敌人。这样，胡克就不得不屈居人下。

就是这样一个沉着冷静的人，他控制着自己的心灵，他做自己应该做的事，以绝对的忠诚、完美的自信和无私的奉献精神，完成一项艰巨的工程。做好自己的事，允许他人去完成他们的任务，以这样的方式，我们做好本职工作的同时也会造福他人。

如何看待薪酬

一些年轻人，当他们走出校园时，对自己的未来抱有很高的期望，认为自己一开始工作就应该得到重用，并且相应地能得到丰厚的薪酬。他们喜欢相互攀比工资的金额，似乎工资的多少成了他们衡量一切的标准。但事实上，刚刚踏入社会的年轻人，缺少工作经验，一般来说是无法马上就被委以重任的，薪水自然也不会太高，于是他们就有了诸多怨言。

也许是亲眼目睹或者听父辈和他人讲过被老板无情解雇的事情，现在的年轻人往往比上一代人将社会看得更残酷、更严峻，因而他们也就更现实。在他们看来，我为公司工作，公司付给我相应的薪酬，等价交换，仅此而已。他们在校园中充满美好的梦想，而到了现实中，却体会到社会的残酷，心生幻灭之感，所以他们看不到工资以外的东西。没有了信心，就没有工作热情，他们对工作总是采取一种应付的态度，能应付就应付，能少做就少做，能躲就躲，不肯负起责任来，以此来对付他们的雇主。他们只是为了工资，从未想过是否对得起自己的前途，是否对得起家人和朋友的期待。

之所以会出现这种状况，主要是因为人们对薪酬缺乏真正的认识和理解。大多数人因为自己目前的薪水太微薄，便将那些比薪水更重要的东西也一起抛弃了，实在是令人遗憾。

不要只为了薪水而工作，薪水只是对工作的报偿方式之一，它是最直接的一种，但如果你只看重它，那你便成了目光短浅之人。一个人如果只为薪水而工作，没有更远大的目标，这并不是一种好的人生选择，最后受害最深的不是别人，正是你自己。

一个以薪水为个人奋斗目标的人是无法走出平庸的生活的，他不会有真正的成就感。虽然薪酬应该成为工作的目的之一，但是，一个人从工作中获得最多的东西却不是装在牛皮纸信封中的钞票。

有心理学家发现，金钱在达到一定数量之后，吸引力就降低了。即使你还没有达到上述那种境界，但如果你反观内心，就会发现金钱只不过是许多种报酬中的一种。你可以试着请教一下那些事业成功的人，在没有优厚的金钱回报下，他是否还继续从事自己的工作。大部分人的回答会是："是的，绝对是的！我不会有什么改变，因为我热爱自己的工作。"想要攀上事业的高峰，那就选择一份你热爱的工作，即使酬劳不多你也愿意做下去的工作，这才是明智的选择。当你全身心地投入你热爱的工作中时，金钱便会自然而然到来。你将成为企业竞相聘请的对象，并且会获得更丰厚的薪酬。

不要只是为了薪酬而工作。工作是为了生存，但是，比生存更重要的，是你在工作中发现自己的潜能，发挥自己的能力，成就事业。如果工作只是为了糊口，那么人的生命价值就无法体现了。

人生不仅仅是满足温饱问题，人应该有更高层次的精神追求，有着向更高境界追求的驱动力。不要麻木下去了，不要对自己说，我工作就是为了糊口——人生的目标不能局限于此。

工作的成败决定了一个人生活的成败。不管薪酬多少，一个人如果工作积极主动，他的内心就会很平和。事业成功的人和失败的人之间的差距就在于此。在工作中想轻松度日，不愿付出的人，无论他做什么，都不会达到真正的成功。如果只是将工作当作谋生手段，这种想法到任何时候都会被鄙弃。

成功人士用他们成功的经验反复向我们阐示了一个真理：只有经历磨难，才能获得人间最大的幸福，才能取得人生最大的成就；只有不在意薪酬，努力工作，才能得到上帝的眷顾。

不要只为了薪水而工作，工作所能够给予你的，一般来说要比薪酬能给予你的更多。只在意薪酬的多少，看似是直接得到了利益，但后果往往是人的心智被遮蔽，无法看清人生未来的方向。

有些人因为薪酬较少而不重视工作，一方面会对任职的公司造成损害，另一方面，最主要的还是对自己造成了伤害。慢慢地，希望被断送，一生只能做一个庸庸碌碌的普通人，才华在日复一日的敷衍中被消磨殆尽，所有的创意都被湮灭。

工作能给予你的，要比你为它付出的多得多。新入职的员工，不要计较薪酬的多寡，应该专心于工作本身这件事。工作能给你带来多方面的成效：能够提高工作能力，增加社会经验；能够磨炼你的个性，使你的魅力大大增加。所有这些成果，比薪酬要可贵得多。与微薄的薪酬相比，工作经验和技能的积累，含金量更高。雇主付给你的是工资，是钱，而工作给予你的是受益终身的价值恒定的黄金。

工作经验和能力比钱更重要，它不会丢失，不会被偷走，它会一直在你的生命中存在。如果你去研究社会上的精英人士，你会发现，他们也并不总是一帆风顺的，同样有高峰有低谷，有起起落落，但是在坎坷之后，最终他们成功了。他们依靠的是什么呢？是能力！而这种能力就是在工作中逐渐积累出来的。这种在工作中培养出来并逐渐累积的能力，最终让这些精英人士扬帆启航，从生命的低谷攀上事业的高峰，达到人生的最高境界。

我们都羡慕那些精英人士的人格魅力、他们的创造精神、把握机遇的能力，富有洞察力等。但实际上，他们并不是从一开始就拥有这样的能力，他们也是从工作中一点一滴地积累，从工作的成败中吸取经验教训。一个人最需要了解的就是自己，工作正是一个人发现自我、重新认识自我的好机会：你一点点展开自我，一点点洞察自我，一点点磨炼自我。当我们更加了解自身之后，就能够扬长避短，充分发挥出自身的潜能。

如果你一直努力工作，一直在进步，你就会有一个良好的、没有污点的人生记录，你在公司就会有一个好形象，在整个行业、甚至全社会都有一个好名声。良好的声誉对你今后的发展非常有益。

有许多人上班时总喜欢“忙里偷闲”，他们或者上班迟到、早退，或者工作时间在办公室与人闲聊，或者借出差的名义游山玩水……这些人也许并没有因此被开除或扣工资，但他们会给别人一个很不好的印象，落得一个不好的名声，也就很难有晋升的机会。如果他们有一天想转换门庭，其他的老板也不会对他们感兴趣，因为他的名声已经坏了。

一个人如果总是为自己到底能拿多少工资而纠结的话，他又怎么能看到薪酬背后可能获得的成长机会呢？他必然无法从工作中获得真正的经验教训，他的能力永远也无法提高。这样的人只会将自己困在装着工资的牛皮纸信封里，永远也不懂自己真正需要的是什么。由于他永远无法认清自我，他也就被排除在成功者的行列之外了。

A Message to Garcia

How do I send the letter to Garcia ?

How
do
I
send
the
letter
to
Garcia

A Message to Garcia

by Elbert Hubbard

In all this Cuban business there is one man stands out on the horizon of my memory like Mars at perihelion. When war broke out between Spain and the United States, it was very necessary to communicate quickly with the leader of the Insurgents. Garcia was somewhere in the mountain vastness of Cuba–no one knew where. No mail nor telegraph message could reach him. The President must secure his cooperation, and quickly.

What to do !

Some one said to the President, "There's a fellow by the name of Rowan will find Garcia for you, if anybody can."

Rowan was sent for and given a letter to be delivered to Garcia. How "the fellow by the name of Rowan" took the letter, sealed it up in an oil-skin pouch, strapped it over his heart, in four days landed by night off the coast of Cuba from an open boat, disappeared into the jungle, and in three weeks came out on the other side of the Island, having traversed a hostile country on foot, and delivered his letter to Garcia, are things I have no special desire now to tell in detail.

The point I wish to make is this: McKinley gave Rowan a letter to be delivered to Garcia; Rowan took the letter and did not ask, "Where is he at? " By the Eternal!

There is a man whose form should be cast in deathless bronze and the statue placed in every college of the land. It is not book-learning young men need, nor instruction about this and that, but a stiffening of the vertebrae which will cause them to be loyal to a trust, to act promptly, concentrate their energies: do the thing—"Carry a message to Garcia!"

General Garcia is dead now, but there are other Garcias.

No man who has endeavored to carry out an enterprise where many hands were needed, but has been well nigh appalled at times by the imbecility of the average man–the inability or unwillingness to concentrate on a thing and do it. Slip-shod assistance, foolish inattention, dowdy indifference, and half-hearted work seem the rule; and no man succeeds, unless by hook or crook, or threat, he forces or bribes other men to assist him;

or mayhap, God in His goodness performs a miracle, and sends him an Angel of Light for an assistant. You, reader, put this matter to a test: You are sitting now in your office–six clerks are within call.

Summon any one and make this request: "Please look in the encyclopedia and make a brief memorandum for me concerning the life of Correggio."

Will the clerk quietly say, "Yes, sir," and go do the task?

On your life, he will not. He will look at you out of a fishy eye and ask one or more of the following questions:

Who was he?

Which encyclopedia?

Where is the encyclopedia?

Was I hired for that?

What's the matter with Charlie doing it?

Is he dead?

Is there any hurry?

Shan't I bring you the book and let you look it up yourself?

What do you want to know for?

And I will lay you ten to one that after you have answered the questions, and explained how to find the information, and why you want it, the clerk will go off and get one of the other clerks to help him try to find Correggio Garcia-and then come back and tell you there is no such man. Of course I may lose my bet, but according to the Law of Average, I will not.

Now, if you are wise, you will not bother to explain to your "assistant" that Correggio is indexed under the C's, not in the K's, but you will smile very sweetly and say, "Never mind," and go look it up yourself.

And this incapacity for independent action, this moral stupidity, this infirmity of the will, this unwillingness to cheerfully catch hold and lift, are the things that put pure Socialism so far into the future. If men will not act for themselves, what will they do when the benefit of their effort is for all? A first-mate with knotted club seems necessany, and the dread of getting "the bounce" Saturday night, holds many a worker to his place.

Advertise for a stenographer, and nine out of ten who apply can neither spell nor punctuate-and do not think it necessary to.

Can such a one carry a letter to Garcia?

"You see that bookkeeper," said the foreman to me in a large factory.

"Yes, what about him? "

"Well, he's a fine accountant, but if I'd send him up town on an errand, he might accomplish the errand all right, and on the other hand, might stop at four saloons on the way, and when he got to Main Street, would forget what he had been sent for."

Can such a man be entrusted to carry a message to Garcia?

We have recently been hearing much maudlin sympathy expressed for the "downtrodden denizens of the sweat-shop" and the "homeless wanderer searching for honest employment," and with it all often go many hard words for the men in power.

Nothing is said about the employer who grows old before his time in a vain attempt to get frowsy ne, er-do-wells to do intelligent work; and his long, patient striving after "help" that does nothing but loaf when his back is turned. In every store and factory there is a constant weeding-out process going on. The employer is constantly sending away "help" that have shown their incapacity to further the interests of the business, and others are being taken on. No matter how good times are, this sorting continues: only if times are hard and work is scarce, the sorting is done finer–but out and forever out, the incompetent and unworthy go. It is the survival of the fittest. Self-interest prompts every employer to keep the best–those who can carry a message to Garcia.

I know one man of really brilliant parts who has not the ability to manage a business of his own, and yet who is absolutely worthless to any one else, because he carries with him constantly the insane suspicion that his employer is oppressing, or intending to oppress, him. He cannot give orders; and he will not receive them. Should a message be given him to take to Garcia, his answer would probably be, "Take it yourself! "

Tonight this man walks the streets looking for work, the wind whistling through his threadbare coat. No one who knows him dare employ him, for he is a regular fire-brand of discontent. Of course I know that one so morally deformed is no less to be pitied than a physical cripple; but in our pitying, let us drop a tear, too, for the men who are striving to carry on a great enterprise, whose working hours are not limited by the whistle, and whose hair is fast turning white through the struggle to hold in line dowdy indifference, slip-shod imbecility, and the heartless ingratitude, which, but for their enterprise, would be both hungry and homeless.

Have I put the matter too strongly? Possibly I have; but when all the world has gone a-slumming I wish to speak a word of sympathy for the man who succeeds–the man who, against great odds, has directed the efforts of others, and having succeeded, finds there's nothing in it: nothing but bare board and clothes.

I have carried a dinner pail and worked for day's wages, and I have also been an employer of labor, and I know there is something to be said on both sides. There is no excellence, perse, in poverty; rags are no recommendation; and all employers are not rapacious and high-handed, any more than all poor men are virtuous.

My heart goes out to the man who does his work when the "boss" is away, as well as when he is at home. And the man who, when given a letter for Garcia, quietly takes the missive, without asking any idiotic questions, and with no lurking intention of chucking it into the nearest sewer, or of doing aught else but deliver it, never gets "laid off" nor has to go on a strike for higher wages. Civilization is one long anxious search for just such individuals. Anything such a man asks shall be granted. He is wanted in every city, town and village–in every office, shop, store and factory. The world cries out for such: he is needed and needed badly–the man who can "carry a message to Garcia."

Foreword for the Version in 1913

This literary trifle, A Message to Garcia, was written one evening after supper, in a single hour. It was on the 22nd of February 1899, Washington's Birthday: we were just going to press with the March Philistine.

The thing leaped hot from my heart, written after a trying day, when I had been endeavoring to train some rather delinquent villagers to abjure the comatose state and get radioactive.

The immediate suggestion, though, came from a little argument over the teacups, when my boy Bert suggested that Rowan was the real hero of the Cuban War. Rowan had gone alone and done the thing—carried the message to Garcia.

It came to me like a flash! Yes, the boy is

right, the hero is the man who does his work—who carries the message to Garcia. I got up from the table, and wrote A Message to Garcia. I thought so little of it that we ran it in the magazine without a heading. The edition went out, and soon orders began to come for extra copies of the March Philistine, a dozen, fifty, a hundred, and when the American News Company ordered a thousand, I asked one of my helpers which article it was that stirred up the cosmic dust.

"It's the stuff about Garcia," he said.

The next day a telegram came from George H. Daniels, of the New York Central Railroad thus, "Give price on one hundred thousand Rowan article in pamphlet form—Empire State Express advertisement on back—also how soon can ship."

I replied giving price, and stated we could supply the pamphlets in two years. Our facilities were small and a hundred thousand booklets looked like an awful undertaking.

The result was that I gave Mr. Daniels permission to reprint the article in his own way. He issued it in booklet form in editions of half a million. Two or three of these half-million lots were sent out by Mr. Daniels, and in addition the article was reprinted in over two hundred magazines and newspapers. It has been translated into all written languages.

At the time Mr. Daniels was distributing A Message to Garcia, Prince Hilakoff, Director of Russian Railways, was in this country. He was the guest of the New York Central, and made a tour of the country under the personal direction of Mr. Daniels. The Prince saw the little book and was interested in it, more because Mr. Daniels was putting it out in big numbers, probably, than otherwise.

In any event, when he got home he had the matter translated into Russian, and a copy of the booklet given to every railroad employee in Russia.

Other countries then took it up, and from Russia it passed into Germany, France, Spain, Turkey, Hindustan and China. During the war between Russia and Japan, every Russian soldier who went to the front was given a copy of A Message to Garcia. The Japanese, finding the booklets in the possessions of the Russian prisoners, concluded it must be a good thing, and accordingly translated it into Japanese.

And on an order of the Mikado, a copy was given to every man in the employ of the

Japanese Government, soldier or civilian.

Over forty million copies of A Message to Garcia have been printed. This is said to be a larger circulation than any other literary venture has ever attained during the lifetime of an author, in all history—thanks to a series of lucky accidents.

Elbert Hubbard

December 1, 1913

Elbert Hubbard's Business"Credo"

I believe in myself.

I believe in the goods I sell.

I believe in the firm for whom I work.

I believe in my colleagues and helpers.

I believe in American business methods.

I believe in producers, creators, manufacturers, distributors, and in all industrial workers of the world who have a job, and hold it down.

I believe that truth is an asset.

I believe in good cheer and in good health, and I recognize the fact that the first requisite in success is not to achieve the dollar, but to confer a benefit, and that the reward will come automatically, and usually as a matter of course.

I believe in sunshine, fresh air, spinach, applesauce,

laughter, buttermilk, babies, bombazine and chiffon, always remembering that the greatest word in the English language is "Sufficiency."

I believe that when I make a sale I make a friend.

And I believe that when I part with a man I must do it in such a way that when he sees me again he will be glad–and so will I.

I believe in the hands that work, in the brains that think, and in the hearts that love.